U0526822

作家出版社
建社70周年
珍本文库

1953—2023

作家出版社建社70周年珍本文库

策划 / 鲍 坚　张亚丽
终审 / 颜 慧　王 松　胡 军　方 文
监印 / 扈文建
统筹 / 姬小琴

出 版 说 明

　　1953年，作家出版社在祖国蒸蒸日上的新气象中成立，至今谱写了70年华彩乐章。时代风起云涌间，中国文学名家力作迭出，流派异彩纷呈，取得的成绩令世人瞩目。作为中国出版事业的中坚力量，作家出版社在经典文学出版、作家队伍建设、文学风气引领等方面成就卓著，用一部部厚重扎实的作品，夯实了新中国文学的根基。为庆祝作家出版社成立70周年，向老一代经典作家致敬，向伟大的文学时代致敬，我们启动"作家出版社建社70周年珍本文库"文学工程，选取部分建社初期作家出版社首次出版的作品重装出版，彰显中国风格、中国气派和文学价值观上的人民立场，共同见证新中国文学事业的勃发和生机。相信这套文库的文学价值和社会意义，将随着时间的推移而日益显示出来。需要说明的是，由于一些原因，未能尽数收录建社初期所有重要作品，我们心存遗憾。衷心感谢中国作家协会、各位作家及作家亲属给予本文库的大力支持。

作家出版社

内容简介：

作品收入了七篇散文《沈焕江》《一个温暖的雪夜》《烈火》《生活的波澜》《草原夜话》《张翠霞》《风雨黎明》，生动细致地刻画了沈焕江、林礼克、张志永、田成富、张方、张翠霞、武星文等人物形象，描写了他们在生产生活一线的感人故事。这些作品均写于1958年。"除了最后一篇，是一九五八年冬天，从福建前线回来写的，其他六篇，都是一九五八年春天在黑龙江写的。"作品饱含深情地记录了当时人物的精神风貌，充分体现着作家的写作风格。

刘白羽

(1916—2005)

北京人。1937年到延安参加革命，1938年入党。曾任总政文化部副部长，中国作家协会党组副书记及书记、副主席、书记处书记，文化部副部长，总政文化部部长，人民文学杂志社主编等。全国第一届政协代表，全国第一、二、三、五、六届人大代表，全国第七届政协委员，中共八大代表。1936年开始发表作品。著有长篇小说《风风雨雨太平洋》《第二个太阳》《大海——记朱德同志》《心灵的历程》，散文集《红玛瑙集》《海天集》《秋阳集》《腊叶集》等，短篇小说集《草原上》《兰河上》《五台山下》《太阳》《幸福》《扬着灰尘的道路上》等，报告文学集《刘白羽东北通讯集》《环行东北》《为祖国而战》等，短篇小说《无敌三勇士》《战火纷飞》《政治委员》等，散文《长江三日》《日出》等。电影文学剧本《中国人民的胜利》获1950年斯大林文艺奖一等奖，长篇小说《第二个太阳》获第三届茅盾文学奖。

作家出版社 首版封面

《晨光集》

刘白羽 著
作家出版社1964年6月

晨光集

刘白羽 著

图书在版编目（CIP）数据

晨光集 / 刘白羽著 . -- 北京：作家出版社，2023.10
（作家出版社建社 70 周年珍本文库）
ISBN 978-7-5212-2475-7

Ⅰ.①晨… Ⅱ.①刘… Ⅲ.①散文集—中国—当代 Ⅳ.① I267

中国国家版本馆 CIP 数据核字（2023）第 162440 号

晨光集

| 策　　划：鲍　坚　张亚丽
| 统　　筹：姬小琴
| 作　　者：刘白羽
| 责任编辑：张　平
| 装帧设计：棱角视觉
| 出版发行：作家出版社有限公司
| 社　　址：北京农展馆南里 10 号　　邮　　编：100125
| 电话传真：86-10-65067186（发行中心及邮购部）
| 　　　　　86-10-65004079（总编室）
| E-mail:zuojia @ zuojia.net.cn
| http://www.zuojiachubanshe.com
| 印　　刷：北京盛通印刷股份有限公司
| 成品尺寸：142×210
| 字　　数：60 千
| 印　　张：3.375
| 版　　次：2023 年 10 月第 1 版
| 印　　次：2023 年 10 月第 1 次印刷
| ISBN 978-7-5212-2475-7
| 定　　价：46.00 元

作家版图书，版权所有，侵权必究。
作家版图书，印装错误可随时退换。

目录

沈焕江 / 001

一个温暖的雪夜 / 011

烈火 / 024

生活的波澜 / 034

草原夜话 / 047

张翠霞 / 065

风雨黎明 / 078

序

　　这个小小的集子，如若说有什么值得纪念的，是它收集了我在一九五八年"大跃进"年代写的七篇速写。除了最后一篇，是一九五八年冬天，从福建前线回来写的，其他六篇，都是一九五八年春天在黑龙江写的。前几年，曾收集在短篇小说集《踏着晨光前进的人们》之中，现在把它们单独出版。

　　是那年的二月，万里冰封，千里雪飘，我从北京奔向黑龙江。

　　在我的日记中有二月二十七日一则可查：

　　"在车厢里，初睡时闷热不堪，黎明时却又冷气袭人。天明一看，窗外茫茫无际的风雪，雪的岗岭上耸立着光秃秃的树丛，冰道上有几匹马热气腾腾地拉着大板车奔跑，若不是火车奔驶呼啸，我该能聆听到那随风雪而旋转的马项铃的叮当声响吧？映入眼帘的这一切都多么亲切呀！原来车已驶至松花江上，前面就是陶赖沼。可是到处是冰是雪，不辨何处为江身，何处为江岸。我记得：那是第三次下江南，大踏步前进之后，忽然来了一个大踏步后撤，我和一位纵队的政治部主任，连宵风雪，马踏坚冰，天明一看，竟不知已经过到江北。现在当我把脸贴在冰冷的窗玻璃上，这一切又都恍然如在目前了。……"

不错，在一九四六年至一九四七年战争中，冒着零下四十度的严寒，不知从松花江上出入多少次。事隔十年，而今是震撼世界的"大跃进"年代了。透过风声雪影，一九五八年，这一红色世界的黎明，将在人们生活之中，永远留下其无比鲜明的姿态。我常常想：在人类历史巨册中有那么一些珍贵的，如同洪亮钟声一样震响的日子。这六亿人民踏动地球，奔腾前进的大跃进的日子便是其中的一个。革命战争的暴风雪和革命建设的大跃进，当我在我所熟谙的黑龙江土地上行走时，是多么像一支交响诗一样交织到我的心灵中啊！我先到了肇源县，农村中那一股火热的热情冲破冰天雪地，也冲激着我的创作激情。我真无法叙说我的喜悦，如同一颗种子投入土壤之中，我回到了我热爱的人们中间。

当年在炮火下抢救伤员的人们,正是今天在原野上创造建设奇迹的人,一股历史的暖流,从他们的身上流注我的心里,种子得到水分与阳光,这几篇速写便开始诞生了。

还在动身之前,由于报纸上发表了一批作家到各个地方去的消息,很快,我就收到了黑龙江一些不相识的朋友的来信。当我从肇源到富拉尔基、齐齐哈尔又回到哈尔滨松花江边的临时寓所时,我忍不住写了一封《复几位朋友的信》,发表在《北方》上面,那里面十分真实地记录了我的心情,现在我把它抄录于下:

"还在北京时,就收到了你们写去的信。现在,我已经到了我所怀念的黑龙江来了。虽然和你们都不曾见过面,但你们那些热情的信,更加吸引我到这亲爱的北方来了。

"不过,你们想得到,对于一个在战争的岁月中曾经与这块土地共过命运的人来说,十年阔别,是有多少话想讲啊!今天,在这里,每走一步路,都使我有着许多新颖的感觉和深沉的思索。人们常说:历史一去不复返了!当然,谁真有扭转乾坤的本领,让日月来一个倒流?生活可不能像放映机上的胶片,您随时可以重装,重演。但是对于我们来说,有些历史生活却永远永远地留在心中。不论是工作到深夜或黎明,只要你细细思量一下,战争的风暴就又响了起来,那进军途中的冰雪,那宿营地的温暖,想起来都是何等的亲切。

"十几天前,我在肇源,十分意外地和二十年前相识的一位同志相逢了。当我们一道离开肇源,乘着汽车在公路上奔驰时,无数的回忆,自然地流露出来。在他的谈话中,我记下这样非常感人的一个片断:抗日时期,在敌后战争最残酷的日子,一个往日的同学,当时的战友,在勇敢作战中,给敌人一颗子弹射中头部。他是一个爱写诗的人,当他从昏迷状态中醒转时,他说:'我只觉得我脑子里血像小溪一样流……'但沉重的伤势终于要夺走他的生命了。最后,他要求:'你们摘一朵花给我看看。'他沉默地、安静地看了看那朵花。他说:'你们代替我看看将来的胜利吧!……'

"是的,在中国人民所经历的漫长的道路上,革命,斗争,怎么能没有血与泪?我们能是那么健忘的人吗!就在东北,我可以举出一大串我们部队激战过的地方——农安、城子街、其塔木、德惠、四平、塔山、锦州……我还记得哪一个同志,把他的鲜血流在哪一片土地上。但这是不是就使我们的回忆只是一丝淡淡的血痕呢?不,绝对不。我们所以想到这些,是为了使我们知道我们的道路是怎样踏出来的,想到这些,只能更加深对这块土地的爱,想到这些,我们就要坚决地将革命进行到底。我们记忆中的战争时代,是一个英雄的飞跃的大时代,我常常说:那一段生活是我最幸福的一段生活。也许您问：为什么？现在我就讲一点吧。第一次上前线，我就把腰摔坏了，同志们用担架抬着我。那天夜晚，我寄宿在松花江边一个贫苦农民的小草房里。天将明，我睡梦蒙眬之中听到两个人在轻轻地谈话。我睁开眼，灶火洞里的火光照红了两个农民的面孔。我没动弹，他们也以为我还在熟睡。那正是革命处于艰苦的关头，是'天空似乎还黑暗'的时候。他们抽着烟对着火光说着心里的话，但他们叙说的是对人民军队的热爱，对革命斗争的誓言。赤诚的人民，在最困难时，伸出手支持革命。当时我听着，十分感动。松花江边这一夜，成为我永生永世不能遗忘的一夜。它如同一扇门，打开了我通往人民之路。您想一想，当人民的情感流入你的心灵，它就像血与乳一样哺养了你，你才懂得那是什么样的幸福。我也许是一个幻想家，一个浪漫主义者，但我绝不是仅仅为北方的大风雪和大森林所吸引，而是由于这片土地，这片土地上的人民养育过我，我在这儿曾经默默地留下我的感情与生命的一部分，这些年，这种情感在加深着，而成为真正的怀念。

"战争的风暴早已吹过去了。今天，一个崭新的社会主义大时代，展开在我们面前。从抵达哈尔滨那天算起，到现在还只一个月时间。但我如同早晨起来，推开窗户，面对着春天的原野，一种无比新鲜的感觉回荡在我的心里。这时没有一句最恰当的歌词，也没有一句最适合的诗句，能表达我的心情。语言、文字与人民精力所创造的灿烂生活对比，是如何的逊色啊！当然，这也说明我们的生活'日新月异'。在这时，我特别喜爱一位朋友从绥化来的一封信上的这段话：'……春天已经降临到黑龙江省。在松花江畔，在各种树干上远远地都可望见了。虽然树枝上还结着晶莹的树挂，构成一片银装，但这美丽富饶的好地方，很快就会变成一片浩瀚的绿色的海洋。到夏天，一望无际的草原上牧放着牛羊群，水草茂盛，鲜花芬芳盛开，像一个美丽的大花园……'我感谢您，不只是因为您在信中提到十年前的那回通信，我特别要感谢的是您对祖国这遥远北方的热爱，是您用这种热爱对我的启发、督促和勉励。

"可是，有多少人对这地方确实还不够了解，他们把'北大荒'当作一片荒寒之地。从前的'诗人''墨客'对于北地的严寒更不惜借题发挥，夸大其词，比如我手边这本西清的《黑龙江外记》里就说：'冬日唾抵地辄如凌节节断。'可是，人活在社会主义时代，怎么还能按照老黄历办事呢？不错，这儿是冷，但冷得那样可爱，它不是那样阴凄凄，寒瑟瑟，它冷得清新，冷得爽朗。事实上，黑龙江是最肥沃也是最美丽的地方。你不能不喜爱那一望无边的黑色土地。这土地上密布着田野和森林，你听那耸天的白杨，发出多么欣快的絮语,人们说:'杨叶在拍巴掌啊!'至于那嫩弱的小白桦,在太阳光下就像银色蜡烛一样闪闪发亮。这儿的江流如此澄碧。这儿的草原万紫千红。鸟在海蓝的高空中鸣啭,高到你看不见它的影子。成群的狍子在森林密处奔跑。我永远记得大森林里,像撞碎玻璃一样清脆的伐木声,我永远记得那伐木者木棚里的熊熊火光。想想看,这是如何彩色绚烂的生活图画啊!你看这一片洁白的冰雪,你可别给它吓倒,它是不喜欢胆怯的人的,对于胆怯的人,它也许要发怒,但对于真正勇敢的人,它却那样情深意密。要知道,正是暴风雪,把这儿的人锻炼得如此刚强、豪爽,像纯钢一样铮铮地发响。你说这儿冷吗?这儿人的心比火还要炽热,还要明亮。如果有人甘心一生一世做暖室里的花草,那咱们就不必跟他说了,如果他要做一个真正社会主义时代的主人,那他就应该在战胜大自然中经受大自然的陶冶。

"现在,让我跟你们谈谈这短期旅行的印象吧!由于时间关系,我只到肇源、富拉尔基、齐齐哈尔一行。但我觉得一切就像早晨的阳光一样鲜红明亮,在十年间,人们在这儿创造了一个崭新的世界。

"几千年,几万年,谁能够像我们这个时代的人这样能干。十年前,一个很偶然的机会,使我到过富拉尔基,但现在,那荒凉的车站、简陋的小屋、破烂的街道都到哪儿去了？一个在整个地球上都称得起是最现代化的工业城市平地升起了。这次到富拉尔基，头一晚，我怎样也睡不着，一直到夜深，还站在窗前瞭望着工厂区的上空。那辉煌的灯火，那闪闪的蓝光，是多么美啊！落过雪的早晨，我访问了齐齐哈尔园艺试验站。在那间小小的办公室内，诚朴的站长同志说出米丘林的豪迈的语言：'植物学家不应该等待自然恩赐，而应该向自然索取。'他们打破了日本植物学家渡边认为北纬四二度以北不能结苹果的说法。就是这样不愿墨守成规的人在北纬四七度二〇的齐齐哈尔，移植苹果成功。一九五二年第一次结了三颗金黄色的苹果，但这是寒带地方的星星之火，现在金黄色的苹果已经大量种植，结实累累。让我们再展眼望一望吧！是谁在杳无人迹的草原上燃起一片金色朝霞，是梅里斯区的青年们，他们像鹰一样在这大时代的高空中振翅飞翔，他们亲手垦荒，建立农庄。多么自由的时代，多么壮阔的生活，只有这个时代，才能使每一个有雄心、有志气的青年人的理想变为现实。在那儿，我不但看见当地青年，我还和从广西、湖南、湖北、四川、南京、海南岛来的青年交谈。是什么支使着他们从暖和的南方来到这寒冷的北方？我知道答案只有一个，就是因为他们是社会主义时代的青年。他们懂得什么生活是真正可爱的生活，他们懂得什么道路是最光荣的道路。这道路从遥远的南方铺到遥远的北方，这道路还要从灿烂的今天铺向更灿烂的未来。

"您看，河一解冻就奔流起来了，话一说开就止不住了。这信写得太长了。这是一个晴朗的星期天的上午，我刚刚从旅行中回到哈尔滨。但是马上我还要到小兴安岭林区去。现在我的窗外土地湿润得发黑发亮了，那么松花江开江的日子就要来到了，丁香花开花的季节也就要到来了。我非常愉快，在这样的星期天能在精神上和你们一起度过，不过请你们原谅，我就不再一一给你们写回信了。工作与学习在等待着我们，在这一切都是速度、一切都是飞跃的突飞猛进的大时代里，让我们把所有情感、所有思想都奉献给我们社会主义的建设，奉献给祖国的土地吧！那么，最后让我总括起来再说一句，你们的信深深地鼓舞了我，我也希望你们把自己的心交给这丰饶的土地，如你们信上所说那样，把祖国的北方变成一个比这更美的花园。"

我舍不得让"大跃进"的每一寸可贵的时间从我身边飞去，写了上面这封信之后，我又上了火车，向更遥远的北方——小兴安岭大森林中去。至今，那森林的芳香还回环于我的记忆之中，这在我四月八日的日记中有着记述：

"清晨，睁眼一看，已过铁骊，车窗外就是一列一列满载原木的火车，再向前进，我们就进入林区了。森林郁郁苍苍，春天已透过冰雪。一些黑色的水泊还镶着一点冰凌的花边。阳光很暖和。一道河流一会儿在铁路这边一会儿在铁路那边，流急之处，白湍飞溅。桃花水的季节来到了，泛滥的河水淹没了道旁的小树林。在还是金黄色的山谷中，白桦树像一条条银晃晃的链条，鲜艳的红柳枝上结着银灰色嫩苞，草地从远处望去有点绿意了，只有那经冬不落的根椤树的枯叶像火焰一样燃烧，可是愈往北走愈冷，山上的积雪也更多了。九点四十二分，到了南岔。十几年前我来过这里，那时这里是一个荒凉的小站，满地泥泞，由破旧的茅草屋拼凑成一条小街，有几家挑着幌子的饭铺，这是进入小兴安岭的一站。我只记得那时森林那面一片黑雾迷蒙。现在，全变了，一排一排房屋，远远望去像是一片工厂，烟囱上冒出黑色白色的烟团。我和车厢里的同行者谈起来，一个四川人，是一九五二年从军队上转业来的，现在到外面去招考工人，刚刚回来。他告诉我：'伊春，这森林中的城市，早先就是一片山沟洼塘，脚踩到路上，地面像橡皮样稀软，只有几家住户，过着打皮子、采木耳的生活。就是我们的一个五年计划，把伊春变了样了。那时候，四匹马拉的空车一陷到泥洼里就拉不出来呀！'车窗外，树林愈来愈密，大山上盖着积雪，小河里覆着坚冰，连我这在车厢里的人也觉得冷森森呢！出着太阳，空中却飘下一阵茸茸的雪花……下午到了伊春，我多么渴望立刻看到这个森林中的新城市呀，但是车站上到处矗立着装载木材的列车，拦着我的视线。这时，却有一股木材的芳香扑鼻而来，沁人心肺。到了住处一看，周围大街小巷，山坡平地，到处木材堆积如山。趁着太阳还没落下，我爬上南面山坡，这个热闹而繁忙的城市一下出现在我的眼底，烟雾与霞光交织在一起，展开绚烂而多彩的小兴安岭大森林的序曲。"

我所以描叙当时的情景，是为了提供这样一个背景。在这背景上，人们万马奔腾，勇往前进。不用说，这是朝气蓬勃、明丽动人的时代景象。当我从人们的身上，看到我们革命的宏伟的理想实现时，我心中无限振奋。我们冲破无数封锁，战胜一切困难，牺牲流血，不正是为了劳动人民能按照革命的理想，自由地飞跃前进吗？当我深入到乌马河森林深处，看见拖拉机拽着巨木从山上轰鸣着奔来，我觉得森林中每一株树都在欣然欢笑。……

如若说还有什么值得回忆的，那就是从二月到四月我在哈尔滨寓所中写作的情景了。当时，我是不分日夜，奋笔直书，但这还远不是我所想完成的，我计划写的要比这多。现在让我再记下我写作时的若干零星的情景，来结束对于这个小册子来说似乎太长了的序文吧！

"从窗玻璃上望出去，见空中有极其细小的东西在簌簌动，我当是第一场春雨呢！谁知却是小雪花儿。这北国的春天来得真迟呀！雪下大了，雪很快染白了地面和树枝。"

"写着，写着，我把目光停留在庭院中一株老树上，忽然之间满屋通明，天完全晴了，隔了细纱窗帘望出去，由云层中拥出来的太阳像一团火。我继续写下去。不久，西面剩下一片红霞，不久，天完全漆黑了，只有透过疏林的一点灯光像星一样亮着。"

"松花江开江了。虽然整个江身还盖满白雪，但雪上已出现两道黑色的冰流。仔细看时，从许多冰涧中，已露出快活的春水了。"

"风很大——窗外的树木在摇摆，呼啸，阳光将摇荡的树影落在桌上。"

"江身大半边都是汹涌的流水了，水冲激到未融化的冰块上汩汩作响，原来江上的雪白颜色已不见，就是尚没融化干净的冰也已变成黑色，江的上空飞翔着一群活泼可爱的野鸭。"

"中午，过呼兰，见松花江完全解冻了，偶然，在波浪中还漂荡着一点冰凌。落雨，春雨的雨珠细蒙蒙地布满火车窗上，而风又将机车上的浓烟拂下地面，常常遮着我伸向窗外的视线，我静静地坐着，我在构思，我多想立即动手写作呀！"

"今天黄昏，在工作一天之后，我久久站在江边上。江上的风景如此迷人：西面有一抹红霞，而南边整个宽阔的江面上凝聚着漆黑的雨云，江天一色，显得那样雄伟。我前面江上有一只木船，扬着红白两色三角帆，在平滑的江面上垂下倒影，清晰得像画的一样，江对岸丛林中开始闪出钻石般一点灯光。江流，春天的江流，你是流在'大跃进'的春天的江流啊！"

1964 年 3 月 10 日，北京

沈焕江

北风呼啸了一夜，天蒙蒙亮的时候，乡人民委员会办公室里来了一批客人。

我在办公室里间屋过的夜，刚从热炕上爬起。乡党委书记老高就哐啷一声拉开屋门，笑呵呵地告诉我：

"老刘啊！黎明社的支部书记来了。"

我一愣。他见我有点摸不着头脑，就连忙解释说："你忘了，就是昨晚上我跟你谈的沈焕江那个社的，……"

他一提沈焕江，我可就想起来了。昨天夜里，大风在这郭尔罗斯后旗草原上翻滚奔腾，将这办公室的玻璃窗摇撼得"格朗——格朗"紧响。屋里却很暖和。红砖砌的火炉上，铁叶子水壶沙沙——沙沙地将要滚沸。墙壁上那只大挂钟滴答——滴答地摇着钟摆。那盏低低垂到桌面上空的白玻璃罩煤油灯射出一个淡黄色的光圈。就在那时候,老高跟我谈起沈焕江,在这茫茫的松花江冰雪中无人不知无人不晓的人物。老高那浓黑的帚眉下,放出赞叹的目光,点着头说:"是个厚道的同志!党给他什么任务,他干得可真踏实呀!这一点我了解,我在他们乡担任过书记。比方他到党委会来办事,三十里地一片冰雪,他夜晚晌一个人什么也不拿,带根电筒就来了。结果呢?弄得从脚底板到脑瓜顶都是泥是水。我说:'老沈呀!你怎么一点也不知道爱惜自己呀,这样远的道,为什么不白天来?'他慢吞吞地看了我一眼说:'白天不误工?'你看!这样一个好同志,一个好庄稼人。去年松花江差点决了堤,这新闻你是知道的,在那场斗争中,他可起了决定性的作用。真感动人!在大江大浪里,昏过去三次,抬下来三次,又上去三次,……"我立刻请他详细讲讲,他却吸上口纸烟摇了摇头:"哎呀,真可惜,去年我调县民政科去了,我谈不大清楚,——反正沈焕江是完全干得出来的,我早就看到他干得出来!……"到底干出了什么?却谁也没作出具体的回答。我当然感到一阵轻轻的失望。老高一定是看出我的心情来了,所以现在他急忙忙地把这意外的消息传来给我。

　　黎明社支部书记陈荣,是个精干的三十岁上下的壮年,黑黑的圆脸盘，一双活灵灵的大眼睛，讲起话跟连发卡宾枪一样咔咔的。他们原来是到县里去参加除四害的会议的。想赶个大早，趁天亮到县，夜里三点钟就搭一辆拉砂子的胶皮轮大车上路了。谁想到风愈刮愈大，天愈亮愈冷，已经开化了的冰泡子冻得钢板一般硬。顶着风，眼瞧几匹马干蹦跶腿却走不出道来。顶了这么几十里地，现在只好在吉祥乡打个尖再说了。跟他来的一伙人到后面伙房里去找暖和地方去了。只剩下个头戴皮帽，足蹬"踏踏马儿"（一种软底高靿皮靴）的十三四岁的少年，独自个儿坐在红砖火炉旁低着头烤黄米面豆包吃呢。经老高一介绍，我们就围炉坐下，听陈荣谈沈焕江。他沉吟了半晌。火苗在火炉口上忽悠——忽悠地摇晃着。他忽然问老高和刚进来坐在一旁条凳上的女乡长王月娥：

"高书记！王乡长！我估摸去年夏天那大风比这冬天的还大是不是？"

"当然比这大，足有九级。"

"对，本来是西南风，风平浪静的，半夜三点钟转了东北风，风向一转，涌浪就一直朝着我们江堤冲了。天亮，雨瓢泼般下，连风带雨，把谷穗子啪啪地往地下摔。我跟沈焕江在防汛指挥部往总指挥部打电话报告情况。七天七夜，电话机子没离耳根，嗓子早就喊劈了，大伙都靠打手势讲话。

这工夫,一个民工一头冲进来,瞪着两眼,脸吓得白纸一样,抖擞着嘴唇,搞了半天才冒出一句:'可,可,不得了了,……江堤决了,水哗哗……往里倒,……'这还得了!他话一出口,我的脑袋就嗡的一声。我们这儿要是决了口子,七县六十二洼就全要淹掉呀!沈焕江一听,忽地站起身就往大堤上跑。大堤那样滑,跟小孩溜的滑板一样,沈焕江不知跌了多少跤,才爬上去,人已经变成个泥人了。他一看,堤倒还没决口,可是江面上那白花花的浪头,往江堤一冲就跳起两节楼那么高,再趁着风势一吹,就泰山压顶一样往江堤上猛压下来。前面的浪往后一退,后面的浪又一涌,呼的一下就从堤顶上空飞扑过来了。那个民工见那样大水直扑,就当是决了口子了。不过形势可确实严重极了!城墙厚的堤坝,给江水刷得堤坝顶上只剩下刀刃那么厚一片了。这还经得住大风旋上几旋,大江摇上几摇?站在堤顶上,你往前一看,哈!乌云滚滚,雷电齐鸣,雨点砸到脸上就跟刀尖子剜一块肉一样疼。眼看洪峰一峰接一峰往这刀刃厚的堤坝顶上猛扑。咳!就这刀刃般厚的堤坝顶在这儿抵住七县六十二洼上百万人的生命财产呀!怎么办?!麻袋草袋都堵上了,手里可什么都没有了。这时节,老沈猛喊了声:'共产党员跟着我来呀!'他就扑通跳进江水里,江水冰冷透骨,人怎么撑得住。可是他跳下去了,党员同志就一个跟一个跳了下去。人们就手拉着手紧紧地拉成一道线，脊背朝外，把胸脯贴在那刀刃般薄的堤坝顶上，就这样用自己的脊梁加厚江堤，顶着洪峰猛浪。一浪扑过来，大伙就一低头。风雨波浪绞在一道那力量该多么大？就那样一个劲啪啪——啪啪地往身上拍，谁能顶得住？可是沈焕江就那样在冰冷的江水里挺住。挺住，挺住，可渐渐支持不住了。只见他的嘴上直冒白沫子，眼睛慢慢走了神，他还挣扎着，从风浪里扬起脖颈喊叫：'坚决，坚决呀！同志们！……'喊着，喊着，把脸栽到泥水里，人就昏迷不醒了。民工们去拉他，他还挣扎着怎么也不肯上来，拉上来之后，他还两腿跪在江堤上，——还一把一把抓住堤上的泥土往江水里放，……"

我听得出了神，连屋墙外的大风也听不见了。那戴皮帽的少年两眼更是亮晶晶的，看着陈荣，听他讲。

"又过了一会，他完完全全失去知觉了，我们把他抬回江堤下面的防汛指挥所里。卫生员给打上一针强心针，又在身上给压了几条厚棉被。这样，他才慢慢慢慢地苏醒过来。一苏醒过来，沈焕江同志他可又上来了。"

女乡长王月娥惊叹地睁大眼睛说："怎么能又上来！"

"是又上来了。那九级大风一点也不给人留情啊！眼瞧着一浪比一浪大，一浪比一浪高，一浪比一浪猛。人就算钢筋铁骨，又哪能顶得住这狂风猛浪呢！可是沈焕江上来一看这情景，一句话没说，就又跳下去了，又把胸脯贴在江堤上。这一回，不要说共产党员，就是所有民工都受了他的感动，都跟着他跳下去了。下面浪打，上面雨浇，乌云滚滚，天空简直就压到江面上来了。沈焕江在江水里又搏斗了三十分钟。人们发现他嘴唇黑紫，两眼火红，大伙正要拉他，风浪就把他打昏了，人们一动他，他又清醒过来。恰好咱们县委王书记带着抢险队赶到堤上来，由他下命令，才算是把他抬下去了。谁知道风浪愈来愈大，报警的枪声顺着大堤上到处砰——砰响，到处响起了最紧急的抢险的信号。……"

老高眨眨这几天熬夜熬红的两眼作了两句补充：

"松花江上游洪峰来到的那天，恰好西伯利亚的冷气团通过蒙古草原也到达这儿，两者碰在一起，那形势就严重了！"

陈荣说："沈焕江缓过气又上来了。"

"怎么没派个人守住他？哪能让他再上来！"

王月娥这样说着。那个少年紧紧偎依着她，就像亲姐弟俩，他那样出神地听着。

"怎么没人守着？开头，老沈昏迷在炕上，还一蹦蹦三尺高，十几只手按着被角也按不住，他挣着喊：'坚决，坚决呀！同志们！……'后来他昏沉沉再不动弹了。你想想，那工夫，哪一个人在屋里头蹲得住，你在堤上还好一点，你在屋里只听一片江水怒吼，心里哪还有个底？看沈焕江的人看他不动了，便一个一个又都回到江堤上。他一醒过来，没人拦挡，就又上来了。开头我还不知道，我扛了两捆秫秸上堤，一看，怎么老沈又在江水里？那老大浪头可着劲地猛拍，他怎么能行？……我强把他拉上来，他已经不怎么清醒，我摸着他捏得紧紧的两只手，他这时什么心思也没有，就是一个心眼，就是这样喊：'一步一个人，一步一个人呀！坚决呀！同志们！……'我的好老沈！我的眼泪刷一下就流下来了。大江堤上所有民工全知道老沈死过三次不下战场这件事了，大家不管风浪再猛再险都一步不退地顶住作战。不少民工也像老沈那样，昏迷了也抬不下去，抬下去也又上来，都喊着一个口号：'一步一个人，一步一个人呀！'……"

讲到此处，外面的大风好像平息了些。黎明社的人吃了餐热乎饭又准备登程了。我们不知怎么把话头转到那个烘得脸蛋红红的少年身上。陈荣一面穿他那件老羊皮大衣，一面笑吟吟告诉我们："这是我们社里除四害的小英雄，现在到县上出席会议去。"

我在吉祥乡又住了两天，有一辆胶皮轮大车到火车站去拉抽水机，我打算顺着江沿一带回县去，搭这辆车，正好顺脚。热情的老高说要经过他们乡的灌区，就执意要陪我去看一看。几天大风刮过去了，春阳暖暖地晒着大地。人们说松花江就要开化了，哪一年跑冰排不是先吼上几天几夜大风呀！套在大车上的两匹马，在又是冰冻又是泥泞的道路上嘚嘚——嘚嘚地小跑着。这时海蓝的天空上，一群大雁排成个人字形，嘹亮地鸣叫着，扇着长长的翅膀，向北方飞去。郭尔罗斯后旗的大地真像海洋呀！一片淡黄，无边无际，到处都平平坦坦的，就像是谁拿手掌摊平的。像这样的地，你开上拖拉机要是不爱拐弯，你就可以一直开到天边去。现在大地上出现了横一道、竖一道，很规则的防风林带，还有一条一条新挖掘出来的蜿蜒的渠道。老高一条腿跪在大车上，晃晃荡荡的，就像个指挥员似的，眯细了两只眼睛，指着这边，指着那边，告诉我："你瞧！从那歪把子漫岗往东，这一大片，等水渠修好，一放水，从前的草甸子就成为我们的稻田地了！"我一面听着，心里却总想着沈焕江，我好像看见有无数像沈焕江这样的人，用脊背抵着风浪，用胸脯护着江堤，才护住大地，护住绿油油的禾苗。快出吉祥乡界的时候，我们从车上下来走上江堤。我多么想看看松花江呀！在解放战争那些天空似乎黑暗的日子，那些最严寒的日子，我曾经多少次跟随部队走过松花江啊！算一算，那已是十年前的事了。就这样，我和老高来到堤顶上。只见黑压压一片人山人海，正在修江堤呢！不过人们今年不仅仅修江堤，还为了把江水引进来灌溉田地而奋斗呢！一行行担着土的人往上上，一行行挑着空筐的人往下下，来来往往，络绎不绝。顺着江堤顶上呢？一面面耀眼的红旗正在噗啦啦地迎风招展。冰冻的松花江给太阳照得有如银镜面一样反光。我们在人丛中穿走了一段。老高忽然发现了什么，紧走几步赶到前面去，边走边问：

"你们是哪个社的？是黎明社的吧？"

"哎呀，是老高书记，还没忘记我们呀！"

"忘不掉，人走了，心丢在你们那儿了，我一看这劲头就知道是你们，你们是谁带队来的呀？"

"我们老沈社长，——沈焕江呀！"

老高喜得一把抓着我的臂膀，我也喜出望外地跟着加紧了脚步。我们终于在万人丛中找到了沈焕江。他正弯着腰拿铁锹往江堤上培土呢！他满头满身热汗蒸腾。他听老高招呼，才抬起头来。我一看，是一个个头不算高，也不算粗壮，身子骨看起来还嫌有点单薄的老实庄稼人。他头上扎块白羊肚毛巾，在额头上打个结，四方脸给风吹日晒变得黑黑的。他一见老高连忙迎上来，笑眯眯的，两只眼角上皱起皱纹，那样纯朴，那样和蔼，掀起蓝布小褂的衣襟揩了一把脸上的汗水。他和老高显然是两相敬爱的，他们就那样亲切地拉着手谁也不放手，走过一段江堤。这时这热情洋溢的工地上，每一个人都紧张劳作着，不少人跑到沈焕江跟前问这问那。后来，老高忽然机密地小声问："老沈！怎么样？黎明社今年能好好跃一下吧？""高书记，能！""关键是搞好水利！"老高是想把最近的体会一股脑儿都交给老沈。"这儿提前十天完工。""好，有干劲！"沈焕江一边走着，一边想着心思，然后仰起头对老高说："回去，就一步一个人，一步一个人地干！先把渠道打通，还打算在屯南修个水库，你看怎么样，老高？"你听！他干什么都是"一步一个人，一步一个人"，就是这样踏踏实实的人呀！老高听着他的话点了点头。

忽然那边人群中一迭声地大声喊叫："老沈社长！老沈社长！"沈焕江跟我们打了个招呼，只好往那边走去了。我和老高回转身很久很久望着他的背影，一直到他隐没在这沸腾的人海之中，一直到那耀眼的红旗遮住了我的视线。这时，我看见松花江岸脚下的冰已经开始融解，露出蓝色的江水，这时我感到太阳光已经晒得人身上那样发热了。

一个温暖的雪夜

开头天黑得伸手不见五指,后来风雪又下得漫天漫地,不知道什么时候一离开道眼,我们就在荒草甸子里转悠开了。两匹马用力拉着,时时地悲嘶一声;赶车的老板子焦躁不安地吆喝着,把鞭子甩得啪啪响。我们就在这样严寒透骨的夜晚,不知道过了多少时间,也不知道已经到了哪儿。不料爬上一道岭岗,忽然看见远远前方有一片电灯光像一片发亮的红云。你看!转来转去,那不就是县城吗?这一来,大家可兴高采烈,也不管风狂雪大,竟有人大声唱歌了。两匹马也振奋起来,我们的大车就轻快地朝这灯光所在之处飞奔。谁想到了灯光跟前,老板子却诧异起来:"这一漫是大江堤呀!"可不是,我们跑到松花江边上来了。这时黑森森的堤顶把灯光明亮的那个场所挡住了。附近一排房屋窗上温暖的灯光却很吸引人。不论怎样，我们决定先到屋中暖和暖和，也好打听打听道路。

推开沉重的厚木板门进去，一股热气扑上脸来。我靠近红砖砌的火墙只站了一小会儿，眼睫毛上的小冰珠就变成小水珠滴流下来了。

这是临时建筑的土房。所以这样暖，因为外间屋就是烧饭的火房，一股土豆酸菜汤的味道真诱惑人。这里看起来是个办公室：一盏白玻璃罩的大吊灯悬在桌面上，照出几个正伏身在台子上工作的人影。一面墙上遮着芦席，上面悬挂着一本"工程日志"，还一张挨一张地贴着施工平面图、施工进度表。后墙下一铺大火炕上，铺满五颜六色各种各样的棉被。炕脚头竖着测量用的脚架、红白的标杆，还有一个装仪器的黑皮箱。特别有意思的，是在这一切杂乱堆积着的东西和紧张劳碌的气氛之下，放在一口大木箱盖上的那只小提琴匣子，却显得那样悠闲。不知是由于门缝上钉了厚毛毡没的声响，还是人们的精力太集中了，他们根本没注意有人进来，照常低了头在强烈的电灯光下忙碌着。忽然，那个手上拿着一根米达尺，本来用牙齿咬着下嘴唇在画图的姑娘，把两根小辫一甩，一回头看见了我们，两只眼珠闪了闪，赶忙站起来：

"哎呀！你们来参观，怎么搞得这样黑天没火地才赶到呀！昨天那一拨也是这样！"

就像谁在静静的池面上丢下一个小石块，平静的工地办公室热闹起来了。这姑娘那样热心地跑出跑进，搬椅凳，倒热茶，问这个，说那个。我几次张嘴想说明一下，她可不给你插嘴的工夫；你还没谈话，她一扭身走了；等回来，她又赶忙说着今天工程的进度了；她还十分庄严地告诉我们，工地的负责人正在现场上忙着，她让我们先歇息一下，然后就到工地上去；就如同一阵小风转了一下，顷刻之间，她已经把我们这批"参观者"安排得舒舒帖帖。这时，我跟我的同伴交换了一下眼色，也只好默然承受了。跟我们进来的车老板子，暖和过来了，也朝我笑了笑，拎上料口袋去喂马去了。

风呼呼叫啸，白茸茸的大片雪花，直往灯光照亮的窗玻璃上扑。

等我们喝了半杯热茶，那姑娘却往自己头上扎一条红围巾，说：

"走吧！去看看工地吧！"

一个小伙子从桌那面站起来说："小管！——今天雪大，——我去吧！"

"不，不，小张！我去。"这被叫作小管的姑娘就一拧身，连忙用两只手把我们一个个都从门口推了出来。

我们穿过密密的风雪爬上大堤，一看，嗬！灯光照耀得如同白昼。我恍然大悟，这一定是万金农业社的抽水站工地了。沉箱工程已近尾声，一条大管子像一条黑蟒一样从坑底下吸水，一个芦席搭的水泵房里机器卜卜——卜卜紧响。不少人穿着长筒胶皮靴、胶皮裤，在冰水里面劳作着。高架空中的钢索，把一块块水泥预制块吊起来，然后送到下面去。安装抽水机的基墙已砌起半截墙脚。顺着巨大坑沿上，纵横交错地搭着的木跳板上，担泥送土的人，上上下下，忙碌不堪。悬吊空中的电灯，给风吹得摇摆不定，雪雾就像一卷白毯布在旋转，在抖擞，在飞舞。这时，那个姑娘把我们带到一个正站在高高的坑沿上伸着手、吆喝着、指挥着的人跟前。我忖度，这大概是工程师吧？近前一看，却是一个奇特的小伙子。奇特在他年轻，个头挺矮，天那样严寒，他却不戴皮帽，那一头乱扭着的长头发向天冲起，就像黑火焰一样；奇特的是他虽说小，却又那样庄严。那姑娘热乎乎地向他奔去，不知怎么到了跟前，她又有点畏怯，往后退了一步。眼看几块水泥预制块咕溜溜地从空中吊过，却一下在半路上给搭脚手架的杉木杆子挡住了。这小伙子白了那姑娘一眼，依然大大地叉开两腿，喊叫着调度一批砌墙工人转移个容易接收预制块的位置，继续操作。那姑娘受了委屈似的大声喊：

"人家……同志是来参观的……我是带……来参观的同志们来……"

一时之间，这伶俐的人却结结巴巴说不清楚了。然后，才从黑地里伸过一只冰凉的青年人的手，来跟我们握手，用沙哑的声音说：

"我是小林，林礼克，技术员，看吧！请同志们看吧！"

他领我们向江边走去。原来电灯一直照亮到白花花的松花江面，有一批人正在那儿凿冰刨土开引水道呢。林礼克说："今天这风雪好大哇！我们的劲头可比风雪大，您瞧！这都是农业社社员！您再瞧这边。"他转过身伸开手挥了一下，就像鹰展开翅膀一样，"这是一片大草原，土可是顶好的土呀！松花江用自己的乳汁喂养的黑油沙土呀！可是几千年、几万年给草原盖着，没人想动它，也没人敢动它。"我眼望着他所指的茫茫暗夜，什么也看不见。但是这小伙子的神姿可真美，那姑娘两只大眼睛就像面镜子，那里面现在充满快乐、爱慕。"现在'大跃进'的火，在这荒凉的地方点着了，我们要赶五月一号，把抽水站献礼！那时水一放，你们走来的那股道就没有了，那儿就变成一百五十万顷绿油油的稻田。"

回到办公室，已经下半夜一点。技术员、绘图员、不轮班的工人都在火炕上睡熟了。大风雪却一个劲拍着屋顶拍着墙壁唰唰响。

一进屋,林礼克就赶紧对那姑娘挥着手:

"小管!——去吧!这里没你的事了,去睡觉去!"

灯光把他照得一清二楚,他可也并不比人家小管大多少。

小管把冻得鲜红的嘴唇翘起来,这时,我发现林礼克向她送去那样一道温柔的目光,那姑娘于是把桌上她没画完的图纸、米达尺、铅笔卷在一起,就低下头退出去了。

他也不脱大衣,就坐在火焰熊熊的火炉边上。那大衣的黑布面上,不知剐破了几片,烧破了几块,风雪泥沙合在一起冻得硬邦邦的了。他望着姑娘退出去的背影,赞叹地说:

"简直不知道什么叫劳累的人呀!"他压低了声音,一霎间闪出了青年人的调皮眼色:"她不会真睡……"

然后咳嗽了一声,他好像突然发现:"你们怎么半夜才到呀?你们是不是也急着搞水利工程呀?"

"这风雪太大,我们走着走着迷了路,看见这儿有灯亮,就像扑灯蛾一样扑来了。"我的一个同伴回答了。一天一夜的严寒、疲乏,现在一暖和,使得我的同伴们困倦不堪,没多久都倒在火墙边木椅上还有木桦子堆上睡着了。

我却为这小伙子所吸引。在这伙人中,他和别人一样年青,可是他严肃得像个大人;他站在工程师的岗位上指挥着,可是他实实在在是个技术员。

灯光愈来愈亮，温度愈来愈高。火炕上，墙脚下，到处都是睡着的人匀称的呼吸声。这时，林礼克面颊绯红，他的尖尖的瘦瘦的脸膛上，两只不大的眼睛，闪着光亮，闪着笑容。在这夜静更深的时候，在这避开了工地上奔忙嚷叫之后，是很容易开怀畅谈了。

"怎么样？你的工作够劳累的吧？"

"这有什么？劳动才能快乐。我是个农家孩子。我从小有个志愿，就是不要蹲在办公桌旁边过一辈子。我愿意在野外大甸子上奔走，晒着太阳，呼吸着新鲜空气。所以考农业学校我报名学水利，毕业时候让我填志愿书，我写我愿意干测量工作，我就是想到祖国各处奔走奔走。有一个教员笑着问我：'你考虑过做野外工作要经受特殊的艰苦吗？'我考虑过，炎热、严寒、风吹、雨淋、露营、饿饭，还有蚊虫、跳蚤……可是我还是爱野外生活。"

现在在我面前，他完全变成一个活泼的青年了，他的上嘴唇上的茸毛细细的，他的眼光充满幸福又充满渴望。不过，谈一会话儿，他就要拉着袖口把窗玻璃上的一层水汽擦干，从那儿向坝顶上看一阵，然后自言自语："机器在转呢！……"就又谈起来。

"……我的志愿达到了，就这么一个绿帆布挂包，里面装个牙具袋，几本水利工程原理书和两件换洗衣服。这两年中间,我跑遍了黑龙江省许多县份,那一条条河流,那一片片山谷,那一道道平川。我参加过修闸门,造抽水站。在工地上,光着两只脚丫,穿个线背心,跟工人们一道搅拌混凝土,你不知道那该多够劲儿!出一身热汗,扑通一声跳到碧清的河流里去凫水,那有多舒服呀!我们做野外工作的可真得会凫水。有一回,山洪暴发,真叫万马奔腾,刻不容缓,呼啦啦一下子,什么山呀、河呀、村庄呀、道路呀,都没影了,就那么一片波浪滔天,把我们工地都淹没了。怎么办?我就靠会凫水抢了图纸、仪器,凫了出来……"

他把什么艰难困苦都说得那么轻松有趣,可是谈着谈着谈到这一项工程上来,他可拧了眉头子。我想象得到,小伙子一步步地走上了更壮丽、更严峻的生活道路上来了。起先他像个小鹰跟着老鹰飞翔,什么事有工程师在前面,可是有一天那老鹰向远方飞走了。

"我到这个——万金社!万金社!万金社!可遭遇到了困难。

"人都说这个水利工程可重要了,既然重要就来干呗!可是我来了一看,什么也没有!工地主任没有,工程师也没有。

"我和两个技术员——就是小管和小张——在这儿钻呀探呀,测呀量呀,还画了一个断面图出来。可是材料呢?人手呢?开工一个月了,农业社里的人可真积极,你说要多少人力就有多少人力，也不论风天雪夜，就在冰冻的地面上挖开了渠道。社员们愈积极，我就愈着急，我们一步赶不上步步赶不上，什么都落在后面了。县上水利科长来啦，我跟他讲，他听了半天说：'是呀，这样重要的工程呀！'就走了。老乡们的干劲热火朝天，他们一天问我几回：'林技术员！咱们的机器什么时候来呀？''林技术员！五一节前咱们抽水站一定得安好呀！''林技术员！一垧地六千斤就靠这抽水站呀！'同志！这些话让我怎么回答。说老实话，同志！——我恨不能一夜工夫，双手托出个抽水站给他们；可是我干看着通县城的大道，上面连个汽车影儿也不见，又哪儿来什么建筑材料呢？咳！我天天站在大江堤上看着，看有什么用！有一天，怎么想也想不通，我就一个人坐在堤顶上，愈想愈恼火，愈想愈伤心。你瞧！这黑油沙土，关里的人来了，都说这不是土壤，这是肥料，这里头能出金子，你说重要不重要？重要是重要，可就是动不起来，我想着想着急得真想落泪。这工夫，有人走来，坐在我身旁。"

"这是谁？"

"小管——就是管英同志。"他忽然变得对小管那样敬重起来，"她来了就东拉西扯，说呀唱呀，我说：——你赶快走开吧！你别在这儿烦人了，好不好？她说：——烦？——烦什么？……你看这原野，一眼望不到头，等到春暖花开，拖拉机轰隆隆响,稻秧慢慢长起来……

"我一看她满身满脸泥巴,显然刚跟老乡们一道掘土回来,可是我心里烦,我就说:——咳!你净想远处,怎么不看眼前呀!——这一来,我可把我的一肚子火都倒出来了。

"她听完,可严肃地说了。她说:——你不是个共青团员吗?党应该把我们共青团员往哪儿派?没困难派我们干什么?可是,你看看群众在干什么,你听听群众在说什么,倒亏得你烦起来了,难起来了。照我看,没主任,我们就是主任,没工程师,我们就是工程师,抽水站反正是要安,你等谁呀!

"给她这一说,我倒愣住了。是呀,这有什么说的,谁好好想过'我是一个共产主义青年团员'这话的真正含意是什么吗?

"就这夜晚,我整整写了一夜晚的信。第二天天一明,我就把信寄给县委会第一书记了。那天,天刚刚擦黑,我、小管,还有小张,正在一盏冒着油烟子的小灯下面修订我们画的断面图呢,忽然,有人在外边敲窗户,说叫林礼克到乡党委会去开会。我出来就往乡党委会跑,……到了门口,往里一瞧,我愣住了。那灯光底下走来走去的不是县党委会的第一书记吗?——他很瘦,他一面走来走去一面在思考什么。我那封信呀,可就摆在桌面上。那桌子周围还站着坐着一批干部。我一寻思，管他怎样，龙潭虎穴也得走上一遭呀，我就进去了。进去，我就响响地放了一炮。我说：——我这个人做工作就是这样，肯定要干就喊哧咔嚓地干，要不干干脆就拉倒算了。现在光嘴上讲重要呀，重要呀，又什么都拖呀拉的。等一化冻，道路变成个大泥坑，汽车开不动，物资运不来，那时候可就要倒提拉着钱串子了，……我话还没讲完，第一书记就走到我面前来了，他紧紧地握住我一只手，他说：——林礼克同志！我很喜欢你的性格，我也主张要干工作就勇敢地干，坚决地干，可惜的是我们干部当中这样干的太少了。他这几句话可真温暖透了，就像太阳光一样暖到人心眼里。同志！我现在跟你说，什么发明创造，什么勇猛突击，那天晚上在乡党委会才真是一个伟大的转折呢！从那以后，这草甸子上就亮了电灯，钢材、沙子、洋灰、水泵、抽水机都来了；汽车、马车，机器声、人声，就干起来了。那时候，我真高兴，我真想写封信告诉我家里，……"

突然，通隔壁的门一开，小管把头一伸进来就插上嘴："你还没说春节夜里，咱们下沉箱，县委书记、县长都来了，还都参加干活。那晚上有多热闹呀！你猜怎么着？人山人海，男女老幼，你猜怎么着？秧歌锣鼓，锣鼓秧歌，……"

"哎呀呀，"林礼克说，"你真噜苏，说得又快又没结没完，什么时候能改改！"

她的两只眼睛可火亮火亮，就像早晨草原上燃起的一片明霞："连汽车司机同志看着看着都把袖口一挽，从我手里把铁锹抢过去，像打冲锋一样跑上去，……"

我问她："那你呢？"

她亭亭地立在门口，把两条长长的辫子甩动一下，脸一红："我就跳舞，在那江堤上跟大姐大嫂们打着太平鼓跳舞。"

"好啰！好啰！"林礼克又用袖口去擦窗玻璃，这好像是个信号，小管一看就退出去了。

林礼克露出来的那个活泼青年的影子又收回去了，好像一种什么看不见的担子又压上他的双肩了。他想起了什么，他皱着眉毛，大大叉开两条腿，把两手插在大衣袋里，眼珠一动不动地看着桌面。

我小声地探问他："你刚才说给家里写信，你家里没有爱人吧？……"

"没有，没有，"他爽朗地笑了，向通隔壁门那儿睃了一眼，一指，"我就是有那么一只小提琴，……"

窗玻璃上闪出一点灰蒙蒙的微光了，炉火却烧得通红。我想应该让林礼克睡一睡了，也许他明天还要像在火线上一样进行暴风雨式的战斗吧！可是谁知他却一直在想着什么心事，他看了我一眼，淡淡地说："同志！你睡一睡吧！"他自己却把门一把推开，大踏步向门外走去了。就在这一刹那，小管突然一阵风一样旋进来，屋中的温暖使她的脸那样鲜艳。她一进来就嘟囔着："老是这样死活不顾，老是这样丢三落四，这毛病什么时候能改改！"一把从桌上把林礼克刚才谈得兴奋时不知不觉解下来的那条海蓝的毛绳围巾抓起来，一扭头就赶了出去。我忍不住也用袖口擦了擦窗玻璃。这时天已发青，银白的雪花却还扑簌簌地降落，江堤上的电灯更像水晶灯一样闪光，机器的轰隆声还一个劲地震响。我看见林礼克大踏步地往江堤工地上走去。小管一手扬着蓝围巾在后面追赶，风把她的头发吹得飞舞起来，风把她的身子吹得歪歪斜斜，她也不管，只是往前飞跑。我慢慢回过头来，酣睡的人的呼吸那样匀称，我的心里充满了说不出来的那么温暖。

烈　火

　　这件事发生在一九五〇年前后。那真是一幅惊心动魄的景象啊！整个这一片大森林都燃烧起来了。火头飞快地旋卷着，叫啸着。一转眼，一个山坡闪出火光，一转眼，一片树林冒起黑烟。火以一小时几十里地的速度蔓延着，旋卷着。夜晚你从山头上看一看，到处通红，你的心都会紧缩起来，疼痛起来。那样高耸空中的大树就像一支蜡烛一样呼呼地发出比电灯还亮的闪光。站干木[1]带着惊人的咔嚓轰隆的声响倒下来。这是多么严重的灾害呀！风还在猛烈地、不息地刮着呢！火趁风，风卷火，愈烧愈旺。不行，无论如何不能让

---

1. 森林里，有的树死了，枯槁了，但还站立在林中，人们称为"站干木"，这种枯木像火柴棒一样，非常容易燃着。

它再往北燃烧了，那儿是茫无边际的大原始森林，那儿一满都是红松，要烧着了，那可怎么扑灭？！于是，方圆几百里内的人都出动了。火车开着开着给人们拦下来，爬上去，用手一挥，就往火场前进。还有卡车、马车，人们千军万马扑进山林，和火作战。火像一座火山，一堵火墙，呼的一声向人们扑过来，人们也不肯退却地冲上去。人们日夜不停地扑打着，奋战着，可是火势还在张牙舞爪地奔腾着，这边扑灭了，那边又燃着了。

这已经是第六个夜晚了，火赶着风，人追着火，已经到了最紧急的关头了。

张志永，这个灭火队指挥，正挥舞着一把柳条子在跟火顽强地扑打，这时一桩偶然发生的事件震动了他。

那边刚才传来一片胜利的呼喊，一片火场总算打熄了。可是有一棵站干木还在呼呼地燃烧，人们必须立刻把它放倒，要不，风一刮，火星四散飞开，一烧又是一大片。可是放这种孤零零着火的大树是很危险的。森林局的保卫科长王怀德，自己动手拉着一把歪把锯在锯这棵大树。锯着，锯着，忽然空中咔——叭猛响了一声……张志永先听到人们一阵惊慌的呼喊，他心说不好，猛直起腰回转头来。果然那棵火柱一样的大树扑倒了下来。只见火星乱飞，黑烟一下遮住了一切。王怀德没跑出来。张志永急了，他不顾一切往火堆里跑,他浑身是火是烟,熏得满脸是泪,连络腮胡子都烧焦了,他冲出来,他的怀里紧紧抱着自己的同志。王怀德显然伤势沉重,他在张志永怀里微微地睁了一下眼,他望着张志永,他的眼光是那样亲切但又那样迟钝,他的声音低哑得令人难以听清:

"老张呀!一定要扑灭,……到这里为止,前边可没地方了……"

张志永懂得,"前边可没地方了!"这意思就是说什么也不能让火烧过去。他含着两泡热泪点点头,紧紧握住保卫科长的手,保卫科长的手冷了。

张志永一个人向前走了几步,在一个岗岭上站下,他在那里久久地、久久地凝视着。满山遍野都是打火队,林木多,人比林木还多。有的用柳条子扑打火苗,有的用镰刀猛割荒草,有的拿铁锹铲土掩埋还在燃烧的木桩,铁锹到处挥动,人们一步不停……可是已经六天六夜过来了,人们像火人一样,衣服冒烟了,头发烧着了,眉毛烧光了,脸庞烧黑了。人们一步不退,可是,人们实在疲劳了。有的人打着打着一歪就倒在火堆旁边睡着了。有的只睡了那么一刹那,就像谁叫喊他一样,猛然跃起又扑了上去……张志永站在岗岭上将这一切都看在眼中,内心里止不住一阵阵地疼痛。可是再仰起头往前看看,前边那架黑郁郁的高峰就是最后的界限。他喃喃地自语着:"无论如何不能让火烧到那儿!无论如何不能……"他站在那里,他这一个身材高大的人,满脸虽然熏得焦黑,再加上有络腮胡子,可是还看得出他那高高的鼻梁,鹰一般的大眼睛,他是个精明能干的人。(……几年前,他还给地主家当长工,给地主家赶"套子"[1],进大森林里受尽折磨,受尽熬煎。那时,他恨这森林,这森林是人间地狱——那时从这森林里拉出每一方木材,都凝结着人的生命和鲜血呀!他发誓有一天,打响雷出晴天,他就再也不进这个黑暗无边的森林来了。谁知后来,一九四七年冬天,革命风暴震撼了黑龙江原野,陈年冰冻的土地要翻个身,土地改革的斗争燃烧起来。人们永远不会忘记那个冬天:多少爬犁上插着小红旗飕飕响,赶到大地主家去斗恶霸啊!多少个不眠的夜晚,阶级仇恨的怒火从胸膛里喷射出来啊!他,张志永在那茅草房屋顶下站起来斗争了。后来,他成为党的干部,他又被派进林区。这一回森林是自己的了,林木自由地唱着歌了,张志永爱上了森林,林木变得比自己生命还宝贵了。……)现在,灾难的火影在他身上摇晃着,他眼看大家精疲力竭,一刹那间,那样一种火热的仇恨忽然又冲了上来,——但是,他抑制住了自己。他的眼光一下又镇定下来。

---

1. 套子,就是带上一套车马,进山林去拉木材。

他一步步走去找到了他的助手薛连举说：

"老薛！你我就是拼了命都扑到火里去，化成灰，火还是要烧啊！老薛！"

薛连举望着他，惊愕，沉默，只听见整个山林中风和火在呼啸。

"这么多人听我们一句话，我们往哪儿引，他们往哪儿去，我们得想个办法呀，老薛！"他眯起眼，望着前面，人们，一队队，一群群，简直是手拉着手往上跑，拿自己胸膛顶着烈火呀！就在这一刹那，他的眼光一亮，他发现了问题，他一把抱住薛连举："看！火已经烧成几十里一大片，乡亲们把这边的火扑灭，又追赶着那面的火头扑打。老薛！我看问题就出在这里！"

张志永拉上薛连举到几株白桦树旁边蹲下来。薛连举忙问："老张！你说问题在哪里？"张志永兴奋地挥着一只手：

"你看！六天六夜！火愈烧，片愈大，原先我们在前面截断。现在，东边打，西边打，打来打去，我们撵到火圈里面来了！我们落在火的后面来了！"

薛连举举目四望。可不是，左右前后都是火。

不过，薛连举一愣："可你说，火在这儿烧，咱不往这儿赶往哪儿赶？"

张志永亲切地抱着老薛的肩膀，他说了下面几句话，他

的声音是沉痛的,他的每一个字都在深深地、深深地谴责着自己:

"老薛!这话对。可是,风这样猛,火一小时跑几十里,老薛!咱们给火吓迷糊了,咱们被动了,咱们要是站得高,望得远,清醒一些想一想,比方咱们站在更高的山头上看一看……"

薛连举经这一提也醒悟过来,他那诚朴的脸盘上,在这时候,竟然笑了起来:"你别动,老张!你别动!就在这儿等我!"他扭转头跑进烟团火影里去了。

这里,张志永沉着地锁紧眉头。他焦急,但他清醒。这是多大的灾害,多大的损失!到处都来信,来电报,来人,一个字,就是要木材。这芳香的木头在人们眼里多宝贵呀!哪怕是一小根圆木,在工程中间,也要经过一再计算,才使用的。可是我们眼瞧着烈火一扑吞掉一片,一扑吞掉一片……一种痛惜的心情充满张志永的内心。但是他摆了摆手,他把他这种心情驱散。他知道,自己要十分镇定,懊恼是于事无补的,一个人只有当他失去了希望的时候,才只会慌张,只知懊恼。现在他焦急的是找到了门,可是还没找到打开锁头的钥匙。这时他忽然口中一阵难耐的干渴,浑身热辣辣的,好像每一点水分都给火烤干了,他心下说:"不要让火烧到自己五脏里来吧!"他一看,身旁紧挨着一株白桦树,他动手揭去一大片白桦树皮,他用自己手边的斧头向树身上砍了两下,然后他把嘴伸到白桦的伤口上去,不久,一阵清凉、芳香的感觉直透进他的肺腑,一种甜蜜的白桦汁液缓缓地流到他的嘴里,他就这样用力地吮吸了几口。这时,薛连举已经带了一个身材粗壮的人来到跟前。据薛连举介绍,这是一个鄂伦春族的青年猎人,他从小在这一带山林里长大,他非常熟悉这里的地形。张志永对薛连举投过一道感谢的眼光。然后他们三个人就在地面上,借着火光,指指画画,谈论起来。形势很快就弄清楚了:左面一条蚂蜒河,右面一条阳望河。河多宽?窄了可不解决问题,火会烧过去。不,两条河河面都足足有二十公尺,火烧到河岸上就能停止。哎呀!真是好消息,那么,好了,我们就不必顾虑这两个方面了,现在剩下要解决的就是前边这一面了。三个人都站起来,张志永整个高大的身子往前一扑,一下把那个鄂伦春族的青年人抱住,嘴里只是说:"同志!谢谢你!谢谢你!……"他自己没觉得,但是后来那个鄂伦春青年猎人跟旁人谈起此事说:那时老张的热泪都洒到他的脸上来了。

张志永站起来了,他用洪亮的声音讲话,吩咐人四处飞奔,把打火的人们都很快地集合起来。

火还是一片通红,火还是闪闪发光,那一株株直挺挺的松树还在一晃一晃的火光中,摇摆着,颤抖着;同志们的身上还在冒烟,风还在横扫过山岳和森林。

他们分成两队,他们放弃了当前这片火场,他们决计从火圈里跳到火圈外去,左面,让蚂蜓河去消灭,右面,让阳望河去消灭,他们要整个地包抄到火头的前面去,从前切断。一队由张志永带着从这边山上绕过去;二队由薛连举带上,绕比较远的一段路,从另外一个方面截击过去。他们约定了会师的地点。张志永最后还细心地走到薛连举跟前,十分动感情地握住薛连举的两手说:

"连举!不见不散,——宁可死在那儿,也不能让火烧过去呀!……"

火仿佛知道了他们布置的秘密,在这一刹那间,变得更加狂暴起来了。一下天崩地裂一般,森林里每一根树枝都在挥舞,每一个山头都在呜咽,甚至连悬挂在顶空上的乌云都照耀得发出闪闪红光。

张志永却镇静地目送薛连举那队人黑压压一片下了山,他倾听着山脚下卡车"突突——突突"发动马达的声音,然后卡车声音渐渐远去,什么也听不见了。这时他才回转过身,向他这一队人喊:"同志们!走呀!咱们跑到烈火前面去呀!"他们就顺着山边,穿过像海一样无边无际的大森林。

从这一刻算起,又是三天三夜。他们转到火还没烧到但正要烧到的那条线上。真正的、人与强暴的大自然的斗争,

在这儿展开了。人们日夜不停,时刻不停,饥饿了不停,困倦了不停。张志永在最前头,人们都能听到他兴奋喊叫的声音说:

"同志们!来吧,采伐吧!建设祖国正需要这样好的木材,采伐吧!……"

就这样,他们用双手从稠密的森林中硬打开一条宽阔的无林地带。他们把这一带森然耸立的大树,几个人伸开手臂都合抱不拢的红松、椴木、桦树、白杨,一株一株伐倒,一片一片伐倒,把地皮上的杂草、榛树、棵椤棵子铲得干干净净。这样一来,火烧到这儿,没有可烧的东西,火自然也就熄灭了。参加这一次斗争的人,到现在,什么时候回想起来,还十分振奋,十分激动,人们在这儿干了多么宏伟的事业啊!风可以叫啸飞翔,转眼千里;火可以奔腾呼号,烧化一切。你看,一个人站在那一株熊熊燃烧的巨大参天的老松树面前,显得多么微小呀!但是人们把力量合起来,就诞生了比风暴强大、比烈火勇猛的无穷的力量。张志永放弃了拿柳条把子打火的工作,他在这儿成为一个战斗的鼓舞者了。他的嗓音劈裂,双目赤红,可是他的面孔就像黎明的晨光一样,庄严、明净。渐渐地,他的喉咙沙哑了,声带再不能发出声音,他完全说不出话来了。可是只要他在奔跑,前头后尾,左边右边地奔跑,他在招手,他充满信心,于是他在哪儿出现，哪儿就鼓起一把勇劲，就像打冲锋一样前进了。在第三天半夜的时候，他们这一队人就听见了由对面稠密森林里传来隐隐的伐木声了。张志永笑着挥手，就是喊不出声。大伙就发一声喊："快呀！同志们！快到头了，同志们！"这时张志永转过身向大火燃烧的那个方向看去，那儿一片火光冲天，半拉天空像一匹红布。而这边呢？一轮明月悬在高空，把森林照成一片绿幽幽的颜色。从这时起，他就不再各处奔走了，他只一心一意在队伍前头砍伐着林木，披斩着荆榛。人们忘记看表，突然会合的双方腾起一阵呐喊声。这声音迅速地传布开来，连后面的人也跟随着合起声音喊叫，人们像急流一样涌上前去，这喊声、叫声，一时之间，山鸣谷应，连高耸云霄的大小兴安岭都带着它那满山遍野的森林，欢腾地呼唤起来，舞蹈起来了。黎明在人们不知不觉的时候到来了，东方出现一片早霞，早霞的鲜艳光华立刻把那燃烧的火光比得黯然失色了。薛连举这个矮墩墩的人从那边的人群中出现了。不知怎么，他头上那顶鸭舌帽不但没有丢掉，而且还端端正正戴在头上，他一出现就直向张志永飞跑过来。张志永呢？光着头，一绺绺长头发给汗水粘在前额上，左面的头发简直都烧光了，一下巴的络腮胡子像个黑刺猬，他什么话也没说，他们两人就在一个高岗上抱在一起了。

生活的波澜

夜晚，轧钢车间里灯火辉煌，充满一片钢铁轰鸣的声音。轧钢工田成富坐在他的操纵台上，目不旁瞬地紧张劳作着。他在和时间战斗，他在和自己战斗，他要在今天这一班上，突破昨天他亲手创造的一小时二十七块钢的新纪录。透过操纵室大玻璃窗望下去，赤红的钢坯顺着后面的滚道飞奔过来。它像一条火龙一样，带着呼呼的热风，带着耀眼的红光。到这儿，轧钢机巧妙地钳住它，翻转它，拉它，轧它，一会推前，一会退后，那样迅速地便把平平整整的一根两吨半重的钢材送出去了。可是另一条火龙紧跟着又赶了上来，千万朵金色火花又刺刺地飞溅起来。不过在今天这样一个重要关头上，田成富的心里却十分地不平静，这样烦躁情绪像阴暗的影子一样，时时在他脑海里闪现，他极力克制着自己，紧紧咬着自己下嘴唇，全心全意投入紧张操作。但只要偶一松懈，那暗影就又出现了。

事情发生在他来上班的路上，党支部书记王恒太找到他，跟他肩并肩走了一段，两人小声叨咕了半天。王恒太告诉他：

"田师傅！从关里来的那批学徒工，刚刚到，情绪不太妙！"

他惊愕地问："出了什么事吗？"

"看样子，他们不适应咱们这儿的生活条件，"王恒太愈说愈激动，挥起一只拳头，"总而言之一句话，人家看不上咱们北大荒这块地方，咳！除了大风大雪，还是大风大雪……"

这工夫，大风雪正迎面扑来，路灯都变得那样凄迷黯淡。他们俩紧紧裹着皮大衣，顶着风一步步往前走。走了几步，田成富问：

"那么，他们想怎么样呢？"

"怎么样？……有几个青年人要求回原单位去。我说，老田！咱们跟小兄弟们好好谈谈，咱们这儿多需要人手，都是活蹦乱跳的劳动好手啊！"

田成富和王恒太到了轧钢车间门口，他们站下来又计议了一阵子，约定了田成富下班会面。两人面对着这为难的问题，与其说激动，不如说难过。两个老工人兄弟虽都三十几岁，可是和机器已经打了十几年交道了，彼此了解得很透彻，因此握手告别时，两人都感觉到手掌上那样热乎乎的。王恒太走了。田成富可没立刻走进车间，他在风雪下又站了一小会儿。他静静地望着那在柏油路面上拂拂旋动的雪花……这两年来，凡是有人说不喜爱这个地方，他听了就生气。原来这儿一片潦荒草甸子，任啥没有，现在建设起这大一片工厂，还说不喜爱，那你喜爱什么！……当他走进车间，一股热气扑上来，就像一个战士走上战场，他全身都振奋了起来。虽然那一阵阵暗影不停地闪现，但这可一点也没减低这个工人的劳动热情。相反，却刺激起他的积极性。他的眉峰耸立起来，两眼亮亮地圆睁着，他的嘴巴紧紧闭住，手脚动作得更勇猛更迅速了。他把全部沸腾的心情都拿来和那火龙一样通红发亮的钢坯作斗争了。轧钢机的每一部分都轰响着，震动着，都像是他心底里发出的声音。下班时间愈来愈近，他的上衣都给汗水湿透了，耸立的眉峰上闪着发亮的汗珠，一滴滴汗水从脸上往下淌，他的脸颊那样红闪闪，他的眼光变得更像火焰了。最后，轧钢机戛然静止下来。突然间，整个钢结构的高大车间里充满了人们的欢呼声："田师傅突破了昨天的纪录！""一小时二十九块！又是个新指标！"这消息立刻轰动全厂，每一个车间的喇叭筒里都鸣响着宣布轧钢胜利消息的激动、愉快的声音。女司机从天车的窗口上，加温炉工人从炉口的红光里，向田师傅招手，车间主任和技术员，一大群人都跑进车间里来。但是田成富从操纵室窗口向大家招了招手，就低着头向更衣室跑去，连擦擦汗也来不及，赶紧披上大衣，便走出了车间。

风雪比刚才更大了，雪花大团大团地挡着你的视线，寒风像锋利的刀片在刮着你的脸颊。田成富不顾这一切，一口气跑到共青团的会议室。他知道王恒太这时正在屋里苦口婆心、舌敝唇焦地跟那群年轻小伙子谈话呢！他到了门口，他看见窗玻璃上灯光明亮，人影幢幢。当他伸出一只手去推门时，他却又停了下来。一阵紧张劳动之后的疲倦摇撼着他。他挺立着，他镇定着，他又呼地冒出一身热汗，他忽然想到他冲进去之后，他不知道将跟这些青年人谈什么。真糟糕！在紧张万分的操纵台上，他一点也没考虑，一点也没准备……可是他一想到王恒太一定在焦急地盼望他，他就顾不得这些，伸手扑打了扑打肩膀头上、衣领上的积雪，哐啷一声推开门走了进去。

屋里，很暖和。他一进去，所有的眼光都刷地转到他身上来。灯光亮得张不开眼，他站了一小会，他看出王恒太那一副又是愉快又是焦躁的神气。一部分青年小伙子还是那么怒气冲冲的。他立刻明白：问题没解决！他大声打了个招呼："同志们好！"就大踏步走到王恒太身旁一条长木椅上坐下，从口袋里摸出一根纸烟来点燃了吸着。

一个头发乱蓬蓬的、穿黑布夹克的小伙子站起来说：

"这样吧！……不管同志们怎么办，我还是要回原单位，我要质问我们那儿的领导，为什么不好好跟我们介绍情况！"

他说完，目光炯炯地看了看他的同伴们。他声音嘶哑，显然心里也非常烦躁。

这时，田成富仔细地、挨着个儿观察了这些青年。他发现他们都还那样年轻，清秀的眉眼，还带着孩子气，你看，上嘴唇上还遮着一层细细的茸毛。他的激愤、烦恼，忽然像冰雪一样融解了。不知怎么回事，他心里有点难过。当王恒太把他介绍给大家要他说话时，他的嘴唇嚅动了几下，却没说出声音。他完全不像刚才在操纵台上那副紧张、勇猛的神情了。他是那样纯朴，两眼有点湿润，只望着自己搁在桌面上的那双手。好像在这些青年人面前，他有些惶惑，不知怎么办好。可是他缓缓说起来：

"同志们！你们不认识我，我现在是个轧钢工。从前，……从前，什么都不是！我跟你们一样，不是这儿的人，也是关里人。不过呢！……像你们这样年纪，我没有你们这样的好日子。我是吃糠长大的,我从小只有一个心愿:这一生一世什么时候能不吃糠就算享福了。我做梦也没梦想今天这个样子!"

他用手轻轻摸了摸身旁一把木椅的绿绒背,他的眼光那样爱抚着这蒙了白布的长桌,雪亮的圆玻璃灯罩,还有窗台上那碧绿的小橡胶树叶子。青年人都把注意力集中在他身上来了。可是他却谁也没有看。他在回忆,在沉思,在自己跟自己说话:

"咳!"他挥了一下手,"我说这些干什么!"

一阵木椅在地板上移动声,人们往他跟前拥挤了一下。谁从背后小声地鼓励着他:"你说吧!"

"好,也好,我就说说。我是活不下去了,才到鞍山当工人的。我父亲炼了一辈子铁,就累死在自己的高炉面前了。我长大顶了他的缺,——路就是那么黑漆漆的一条!……那时候,工人们都爱赌个牌九,我有一副骨牌,给一个日本工头看上眼。他想要,我不给。玩完了,我就往怀里一揣带回家去。从此他恨上了我。他是阎王,我是小鬼,上了班反正我归他管。他的两只眼总是饿鹞鹰一样死盯住我,咒骂我:'你干活的力气没有!'我忍气吞声,低头弯腰,汗水湿透脚板心,他还是一股劲盯着我;我咬紧牙拼上命干,他还是咒骂我。有一回,上夜班,我忍无可忍,实在火了,我把活就撂下了。他上来,啪!啪!左右开弓两个嘴巴,打得我脑袋嗡嗡响,两眼直冒金星。一下子,腾的一声,一股火气冲上来。我一看,身旁有个镐头。我一把捞起来,朝他头上狠狠地就是一下。这下子可乱了,车间里,到处乱喊乱叫,有人吱吱吹起哨子。这节骨眼,一个老工人,我管他叫张大爷,他狠狠一把抱住了我。我一愣,只见他满脸眼泪,颤着声音说:'孩子!——还不赶快跳窗户跑!……'经他一指点,我才清醒。他们一股脑儿往门口涌,把门口挤得个水泄不通。把外面的日本警察、特务都给堵住了。这样,我逃出了工厂,连夜就带上老婆孩子逃命了。"

他停下了,就像有什么哽塞住他的喉咙。屋里的空气都变了,这群青年学徒工都围聚到他身旁,他们似乎连屋外那撼天震地、飞过兴安岭、扫过黑龙江的狂风大雪都忘记了。据参加这次会议的人说,当晚,田成富谈得很多,但是在人们脑海中印得最深的要算关于他的小儿子的那件事了:

"……我们进了山海关就一个铜钱也没有了。只能一面讨饭一面走,一个工人伸手讨饭,真寒碜呀!可有什么办法。就这样走了小半年,好容易走到我的生身之地,山东的微山湖边边上。到处没人留,让生我的土地收留下我吧!谁让你生下我呢!可是谁说'天无绝人之路'?家乡等着我的是水灾一片汪洋。讨饭也没处讨呀！……我们一家三口就到处流浪，流浪来流浪去，天就下起霜来了。我们还是一身单褂，夜晚宿在人家的门道里，冷得上牙打下牙。慢慢，我、我老婆和孩子挺不住，都病了。眼看树叶快要掉光了，那时间我寻思：怎么也要死在微山湖了。有一天，一个老人家可怜我们，说：'你们这样怎么过得了冬啊！'谁说不是这样，可是有什么法子？他就劝我不如把亲生的孩子卖给人家，总比抱在一团谁都没活路好，……"听得青年人眼圈红了，伸长细脖颈，闪着愤怒的眼光。田成富倒还平静，只紧了紧眉头，下决心对这后一代人毫不保留地倾诉出来："你们想，一个人怎么忍心卖自己亲生的儿女！……可是，处在那种绝境，做父母的又有什么法子？一个工人，在那个旧世界里，就像骨头渣子一样不值钱，要活就是这样活法啊！……说好二十八块钱，结果先给七块，就从我怀里把孩子抱走了。我在手心里掂了掂这七块钱，心疼得针扎一样。凑凑乎乎去买了两件烂棉袄。我的老婆穿上了棉袄，可是情景变得更坏了，她一心一意想我们那孩子，半夜里醒来，一伸手怀里是空的，就哭叫：'孩子！孩子！娘对不起你呀！孩子！……'谁知道，没过几天，那人家到我跟前，点点头，又把我叫了去。一看，桌上摆满酒菜，再一看，我的孩子抱在人家手里。这是干什么呀？人家说话了：'找你没旁的事，姓田的！

你的孩子我们不要了！'我心疼地看着我的孩子，我说：'好，不要正好，我领回去，让我们爷儿俩死也死在一道。孩子！爹再也不卖你了！'我刚伸手，他们可一把拦住了。只一个劲让我先吃点酒菜。我心里像一团火，怎么能咽得下东西！原来他们说要领孩子，马上还现钱，弄来弄去，是背后另外一个老倪家要我的孩子。逼得我死去活来，一点办法没有。我……第二回又把我那任啥事还都不懂的孩子卖给了老倪家，……"泪花在眼眶里闪亮了一闪。谁能想得到一个拥有无限荣誉、不断创造新纪录、像火车头一样带动全厂生产前进的轧钢工，他内心深处会有这样惨重的创伤。他可从来没讲过，连支部书记也是头一回听到。听到这里，王恒太一只胳膊紧紧抱住他肩膀。田成富十分感谢地看了自己的同志一眼。看情况，内心的波澜已经涌起，他也不想再抑制自己，便又讲了下去：

"从此以后，可怕的命运对我愈逼愈紧。人家留下孩子，就不想再让孩子知道自己生身的父母。老倪家硬逼我离开老家，他们放出风声：谁也不准再施舍一粒粮食给我们。老倪家，一手遮住微山湖半边天呀！有一天，保长在路头上拦住我们恶骂了一顿。保长说：要是再瞧见我们在这儿转悠，就捆绑起来送警察局，说我们是强盗，要杀头。我老婆一听，扑通一声坐在地下仰天大哭，哭得周围一圈子人都伤心落泪。我明白，他们要了我的孩子，就撵我走投无路呀！正闹得难解难分，老倪家那个老混账倒露面了。他拿两套破布褂和几张烂脏票子，扔在我跟前。我看着、看着，一股火腾的一下从心里头冲上来。我一下跳起身，冷笑一声，嘶、嘶，几把把破衣裳、钱票子撕得个稀烂，一把都甩到那老恶霸身上。我一跺脚，一把拉上我老婆就走，……走了半里地了，一个老大娘从后召唤着说：'姓田的两口子，慢走一步！'她老人家赶上来偷偷给了我们一点干粮，一个老大爷又赶上来送了些盘缠，我至今记住这两位善心的老人家，可惜那时候连人家姓名也没问，……"

应该说，他们的会议已不称其为会议了。他讲到伤心处，那群学徒工有的就跟着红了眼圈。刚才站起来说话的那个头发乱蓬蓬、穿件黑布夹克的小伙子，脸色发白，两眼睁得圆圆的，闷着头不出声。

"流浪了几年，后来，我们又转回关外到了本溪。这时本溪已经解放。我在本溪钢厂当了一名加热炉工，拿大钳子夹铁块往炉里送。这下子可是我们自己的社会了，弯了半辈子腰，才知道直起腰来的痛快。我就拼着命干活。同志们都说我工作好，领导上派我到鞍钢去学技术。我真高兴，日子红火了，人都一步一步往好处走了。有一回我躺在被窝里睡不着，想着，想着，就眼泪汪汪的。我爱人问我：'你怎么哭了?'我说:'你忘了从前咱们过的日子,跟现在差得怎么这样远呀!'她说:'要没有共产党、毛主席,你能有今天这样?'我说:'我是不能,你呢?'她说:'我更不能。'小时候,她讨饭的时间比我还长呢!我说:'我就立志好好干吧!'前年,领导上派我到北大荒来建立新钢厂,找我到厂长室征求意见,说这儿多么寒冷、多么困难,我一听可喜得什么似的,哪里还有意见。我们就是这样一个工业基地,一个工业基地,从平地上建设起来,把这些合起来就是整个社会主义,……"

他现在两眼明亮,鲜红的脸颊上洋溢着笑意。这时间,从玻璃窗上已透进淡灰色的黎明微光。田成富和一群新来的徒工的谈话就停止了。他站起来很抱歉地说:"哎呀!真对不起,本来是来谈问题的,问题倒没谈一句。这样吧,同志们!让我们另外找个时间再好好谈谈吧!"

第二天快晌午的时光,田成富在家里,他家住在一幢红楼朝南的房间里。他正坐在桌边吃早饭。风雪在天明时住了,满窗通红的阳光,屋里暖得穿件单褂儿就行了。窗外那一片积雪,衬着窗台上几盆红绣球花,花更显得鲜艳可爱了。墙壁上挂满亲戚朋友的相片,一只小收音机正在播送着愉快的歌曲,屋里飘荡着婴儿的奶味和新鲜的肥皂气味。田成富一边吃饭,一边逗着小儿子玩耍。孩子在妈妈的怀里活蹦乱跳，孩子长得又白又胖，两颗小眼珠，漆黑漆黑的，咧着嘴呵呵笑，伸出两只小手像小鸟一样扑打着。正在这时，响起一阵轻轻的敲门声，随后有人很和蔼地问着：

"田师傅在家吗？"

田成富的妻子连忙打开房门。门口出现三个青年小伙子。第一个就是昨天夜里站起来讲话的那个头发乱蓬蓬的青年，他还穿着那件黑布夹克，不过敞着怀，里面露出工厂新发的一件蓝布工衣。他们进来了，脸红红的，两手只是转动着刚摘下来的帽子。你看我，我看你，不知说什么好。

田成富晓得，青年人嘛！你别看他们冲动起来那样激烈，可到一个生地方见一个生人，还十分羞涩呢！至于他自己，在昨夜那一场倾心而谈之后，一时之间却也不知说什么是好。为了打破这局面，他一手接过扑着小手向他怀里奔的小儿子，笑吟吟地，把小儿子引逗着客人笑。可是那个打头的小伙子，一见这小孩子，两眼就忽然充满热泪，然后颤抖抖地从口袋里掏出一封信，恭恭敬敬放在饭桌桌面上，他说：

"田师傅！……这，这，……是我们一群新来徒工的决心书！"

到这时，田成富才发现这小伙子有点口吃，原来是那么一个又爽朗又纯朴的青年。他就把孩子交给妻子，走过去，跟他紧紧地、紧紧地握住手。透过窗玻璃望出去，阳光如此灿烂，洁白的雪地上矗立着一片红色的厂房，空中像小树林似的竖立着几十根细长的烟囱，远远近近，有的冒着黑烟，有的冒着白烟，没有风，烟飘得很平稳，一条一条向着同一个方向飘去。远远望去，这些烟囱就如同一支舰队正在风和日暖的海洋上向远处开航。……

草原夜话

我和一位地方党委书记坐在一辆汽车上。我知道,他和这片土地有着悠久的深厚的历史关系。因此,和他结伴同行,对我是再好不过了。汽车穿过冲天而起的黄色烟尘,在那像海一样茫无边际的大草原上飞速地前进着。我们是到一处新开辟的巨大工业基地去。开始,我们很沉默,我从窗玻璃上欣赏着这初春的落日,那一轮鲜红的太阳离地平线已经很近,突然万道霞光像火炬一样升上高空,草原一下变得红玻璃一样明亮。我们的汽车有时简直像小船一样在烟土中荡漾,而成群拉着钢材、机器、原料的卡车就呜啊呜啊地鸣起喇叭来。烟尘一下飞过去了,于是晚霞的红光又静静地照进车厢。不过,这红光很快就黯淡了。因为那像个大血球似的落日最后颤抖了一下就渐渐沉入青苍的暮霭了。而后，微风吹过草原，草原上初春的黑夜就降临了。不知在什么时候，也不知是怎样开的头，我的同行者对我讲了如下的故事。也许正像人们所说，在暗夜里相对，更容易倾谈一些，我觉得我的同行者在好几个地方谈得一往情深，有时，简直可以听到他内心的激动。

这事情发生在我们抗日战争最困难的一九四三年。

光头山上的树林，在连绵的风雨中，早已露出一片黄色。荒草久已埋没了行人的小径，现在又盖上一层潮湿的落叶。一只老狼露出阴沉的眼光从湿叶上迅速地跑过去，火红的狐狸把地下弄得窸窸窣窣地响，还悲哀地叫啸着。从这个山头到那个山头，一眼望去，渺无人烟，只见，荒林野草，阴森森，暗幽幽，就是白天，也显得十分凄凉，一到黄昏，简直令人恐怖。

就是这样的一个黄昏。有两个人，突然出现在一株给霜打红了的铁梨树下。一个瘦而长，一个比较矮胖一些。在这样的"无人区"中，有个人出现，真是稀奇。他们都疲惫不堪，衣衫破烂，不知在雨水中淋了多久了，浑身上下沾满泥水，就像发锈了似的。瘦高个子停下来，摇了摇破草帽上的雨水，喘吁吁地望望他的同伴说：

"老宋！口袋里还能找点什么吃的吗？一点点干粮渣也

好呀!"

被叫作"老宋"的人,显然是一个性情快活的人,——在我们同伴中,确有不少这样的人,他使你相信,在他死的时候,他也不会给你留下什么悲哀或痛苦的印象,那么,更不要说生活、战斗中的困难了。现在他翘首四望,他似乎一点也没觉得那冰凉的雨水浸在身上有什么难过。他的眼睛上闪着回忆的、快乐的神色,说:

"这里是三沟川上梢,你瞧,翻过东梁,就是车轮叫川,——那里那时候归二区管!"

"二区?!"瘦长的人忧郁地重复了一句,抬起头望着东梁,东梁是一道灰黄色的山岭。

"那时,二区干得最坚决,最红火。"

"现在可都是无人区了!"

老宋却振奋地沉浸于往日,他继续说着:"那时二区的群众表现得可是忠心耿耿呀!男女老幼都跟我们上山,——没粮,没火,带了农具躲到深山密林里头,搭窝棚,种庄稼,说什么就是不进日本鬼子的人圈,都是有骨头、有志气的人呀!……"

"现在还不都是无人区了!"

"张方!你怎么专门跟我打岔,你让我讲一讲,我这样讲讲,心里也痛快。"

老宋突然想到自己的同伴要干粮的事，便伸手到口袋里摸了半天，然后把空空的两手取出来，——他突然抱歉地苦笑了一下，把枪从左肩移到右肩，他们俩就顺着树林的边沿向东梁走去。

他们是两个游击队员，前几天和敌人遭遇，激战了一天一夜，游击队被打散，他们两个就进入了这片荒凉山谷。张方是冀东人，原来是一个小学教师，在冀东二十万人大暴动时，他参加了部队，你不要看他表面上冷淡，有时却热情、激动，像一团火。老宋就是这本地赤峰人，他的唯一目标就是打回老家去，不再做亡国的奴隶，除了打仗，他不大想什么旁的事情，一切痛苦，他都可以默默承受，他常常说："将来也许有比这更苦的时候呢！"他在家乡当木匠，记忆力非常强，现在是游击队里修理枪械的能手。他早就离开家乡，而后和张方他们一道从冀东突破三百里长城封锁线，跟随部队回到这已被日本人划作"满洲国"的热河境内来，他坚持过光头山的根据地，不过那时张方带了一个小组到更北面地区去开辟工作去了。经过一年以上的坚持之后，光头山根据地被敌人残酷地造成无人区，老宋也就跟随游击队离开此地，谁想到现在又来到了这个地区。

雨无边无际地落着，雨打在树叶上萧萧响。

老宋一面走着，一面回想到那痛心的日子。他记起，有一次接受任务,去破坏敌人扫荡计划,来到一个山岭上,忽然听见枪声,他从树林里往下一看,日本讨伐队正像赶羊群一样把老百姓从村子里往外赶,人们凄惨地呼唤着,号叫着,家什衣被丢得满地都是,受了惊的牲畜拼命往山顶上奔跑,突然所有的人一下回转身去,他们看到他们自己的房屋冒起黑烟,火焰冲上天空……那时老宋就冷不防朝天放了几枪,——敌人机关枪连忙转过头来向树林里猛扫,老百姓趁这机会却哗的一声全逃光了,老宋暗暗发笑:日本鬼子又落了空,一个人也没有进"人圈"。于是他就顺着山沟转到侧面,隐蔽在草棵里面,一边监视敌人,一边吃起干粮来。

想到这里,他忽然停下,问:

"老张!你说,这里会不会还有咱们的人呀?"

张方不以为然地摇摇头:"有鬼!"

于是,他们一面在泥泞中颠颠瘸瘸地行走,一面争论起来。老宋不留神跌倒了三次,弄得满脸是泥,他也懒得再伸手去揩它们。张方嘲笑木匠在等待奇迹,而他认为这种奇迹是绝对不能出现的。他的理由是这一片荒山,经过整个夏天,哪里还是什么人间世界,就算有人坚持过,不饿死也会给豺狼虎豹糟蹋掉了。慢慢地他已经懒得真心辩论,因为在他脑际盘旋的是另一急迫问题,就是今晚怎么度过?与其盼望什么奇迹,还不如为目前动动脑筋想点办法。他不同意老宋把希望寄托在东岭的那面,好像只要走上去就有办法,不过他也没什么旁的法子,只有努力向前进,因而也就努力加紧脚步,讨厌的是湿叶子油一样地滑脚,山势愈爬愈陡,天色也开始黑暗下来。

正走着,突然一团灰白色的东西,从他们身边一跃而起。张方一下把枪顺在手里。那东西却一溜烟驰向草丛不见了。他定一定心,才发觉老宋一只胳膊抱着他肩头,急灼灼地问:

"怎么?你眼花了,怎么?老张!是呀,我们已经两天没有吃东西了。"

张方按了按自己那又火烫又遮满冷汗的额角,他没作声,他不愿想自己真是饿得没力气了。这时一片荒野,举目无人,他们两个人中间要有一个倒下,那么,另一个也只有停顿下来了。于是他在老宋耳边轻轻说:"等一会儿,——等一会儿。"可是,不论怎样咬牙,冷汗却呼呼淌,也许,就这样淌着淌着,就把生命的河流淌完了。不知为什么,他一下想起"中国不会亡"这句话来,他心里有点难过,他想起被迫离开家乡之前,最后一次在课堂上,他透过眼泪望着孩子们说过这最后一句话。他仰起头,他看见老宋两只眼睛,他感到那样亲热。现在,在自己身旁就是这么一个同志了。于是他又挣扎起来,在老宋的扶持下又继续爬山了。

黄昏已过,黑夜降临,怎么连狼嗥和鸟叫的声音也没有一点呀?一切都寂然凝固,原来这就是黑夜,这就是在我们艰苦行程中的长夜,——漫漫长夜呀!……

老宋走在前面,紧紧拉着张方的手,隔不大一会儿就要讲一句话或者咳一声,这样好像两人胆量就大一些。后来老宋和张方只有一把一把抓着荒草爬了,因为眼前墨汁一样黑暗,什么也看不见了。雨水从山头上往下流,他们好容易爬了几步,一下又给雨水冲退回来,好像这山岭在拒绝他们。

突然之间,老宋停住不动了。张方不自主地抓紧了老宋冰冷的手,——这时,一种奇怪的声音,在前面不远的地方,飘浮,激荡,——这是什么声音?!

"听!"

开始有点茫然,然后,张方就听出了这是歌声,是女人唱歌的声音。这歌声说不尽地那样悲壮,——这是人们用自己心血激荡出来的歌声呀!张方眼前忽然闪出一条汩汩流的红色的血河,愈流愈宽,愈流愈壮,后来它竟然淹没了眼前的黑暗,世界在光明之中颤抖。

"有人,——有人!"——"人"在这时,对他们有多么大的吸引力呀!他们奋力跑上去,寻找那歌声,接近那歌声。

他们看见了。黑地里,闪着一团红光。在红光里,两个人背靠背坐在一个土台上,——不,那是房屋烧毁之后剩下的一铺炕,红光是那炕洞里烧着的微火,——冷雨在头上淋着,火在下面烘烤,那两个人头发蓬乱,一看原来是两个妇女。

"谁?!"

火影里的两个妇女,一听到这边的脚步声,立刻跳起来,喝问。

老宋急着喊:"是中国人,是自己同志,游击队员,……"

他俩,走近火边,木匠伤心起来。老乡们真是困难了呀!

一个妇女反转来安慰着他说:

"同志!——你坐上去,烤一烤火,同志!——我总算看到你们了!"

他们都坐上暖炕去。另一个妇女拨一拨火洞悄悄自言自语着:"火快完了!天快亮了!"随后,她们从怀里掏出两块干粮来,那干粮给雨水淋得冰凉,老宋接过去,吞吃起来。张方手里捧着那块干粮只是发抖,他不能吃,他没有吃。

老宋和两个妇女谈起来:

"同志!这样苦,你们怎么还坚持下来了?"

"坚持下来了,同志!你们走了,后来,我们就往这深山里搬。"

"怎么你们连窝棚也不搭一个就这么在雨水里淋着,眼看冬天就到了，怎么办？"

"窝棚？住不上了，——窝棚一旦给日本鬼子瞧见，他就知道这里还有人，就钻天觅缝地搜，——你们走了，人家也不分青红皂白，反正我们就是你们，你们倒还满口老乡老乡的呢！"

老宋木匠急忙问："那么人圈里怎样？"

"别提了！自从集家并村到人圈里，人一堆一堆地死呀！这一夏天，天天从圈里往外扔，哪一个圈里一天不扔三个五个的……我们想，就是在这儿挨饿，总比死在那里干净呀！那时候，不是你们告诉我们：誓死不进人圈吗？同志！我还没问，你们两个是怎么回事呢？是咱们的队伍回来了吗？"

木匠谈着谈着躺在火炕上就那么淋着雨睡着了，她们把地方腾给老宋，自个儿站到旁边地上去，张方也悄悄站了起来。这时一个个子矮一些的妇女问他：

"同志！是不是快了？快了吧？"

他懂得她问的意思，她是说是不是快熬到头了。可是现在他怎么回答好呢？还是另外那个妇女，——从声音里听得出就是刚才唱歌的那个妇女，她悄悄说："快了，——总是快了！……"张方由于过度疲劳，不知在什么时候也半卧在炕台上睡熟了。现在，他们总算舒坦了，放心了，——不论是什么荒山漫野，只要找到了自己人，就好了。现在，不就是这样，两个游击队员睡熟了，两个妇女在冷风冷雨下面守卫着他们。就这样，他们俩一直睡到黎明。

在黎明的微光中，木匠和张方辞别了山里的人，经她们指点，出了三沟川上梢的封锁网向北走。这时他们自己的部队也已跳出无人区，转到北面，于是在那儿他们找到了部队。部队上的人都为他们从深山中带来的那些毫不动摇、坚苦守节的人的故事所感动。张方在旁人感动的时候，他却默不作声，只是从那以后，他再听不得别人唱那个妇女唱过的那支歌子。别人一唱，他的脸色就会变得苍白，连忙站起来走开去。

大约一年以后，张方奉令和一个小支队又到新地区开辟工作了，他们在极艰难困苦情况下，一直发展到赤峰和林东一带，直到后来，一个冬天，雪封闭了所有山谷、川沟，他才不得已转进到光头山附近这一带无人区里来暂时躲避。可是敌人的扫荡队跟迹追来，他们在这样荒凉的地方还得不断进行战斗。人们日日夜夜在雪地里生活着，有时潜藏，有时袭击，寒冷透骨的风时常把雪粉卷起来，像一片茫茫白雾；有时也像一根圆柱，旋上天空，不过不管怎样，当它们在空中横扫急驰的时候，天地却寒冷得像冻结了。有一回，张方带领一个小组，为了伏击敌人，三天三夜蜷卧在深雪里头，雪漫漫落着，很快就把他们埋在雪底下了，他只不断去倾听着自己心脏的跳动，热血的激流，因为从那唯一的感觉里，他才能清醒地意识到自己还活着，是的，一定得活下来呀！他强烈地要求着最后的搏斗。可是时间太长久了，后来渐渐地他觉得自己血液的流动迟缓下来了，心脏的跳动也渐渐轻微了……枪声恰恰在这时候响了。他一下从雪里跳出来，掷着手榴弹，而后就倒了下去。

不知过了多少时间，他醒转过来，可是，他的眼睛却怎样也看不到了，他首先听到的是一个女人严厉的声音：

"不能烤火！同志！不能烤火！"

火，是的，他蒙蒙眬眬地感到离自己不远有一团火光在闪亮，他那时是多么热爱这火呀！他很想到火跟前去，可是他被坚决地制止住了。

又不知过了多少时候，他的眼睛模糊不清，但是他还是感觉到有人走近跟前，而且蹲下身来在看他。于是他就试图着了解情况，他问：

"这是什么地方呀，同志？"

"我们家。"是一个小孩子的笑吟吟的声音。

他更觉得奇怪了："我怎么会在这里？我……"

这时，刚才说话的那个女人走过来，推开答他话的孩子，——弯下身来望他，……张方这时看清楚了这是一个三十岁上下的女人，面庞黄瘦，大眼睛，头发乱蓬蓬地从额头上垂下来，一看就知道她是那样褴褛，贫困。她身上有一种焦炭气味，许多灰屑挂在眉毛上，显然是刚刚凑到炉边上吹过火，现在看见张方终于睁开眼，像母亲一样笑了一下，高兴地叫那个孩子去取水来。那个孩子双手捧了个木碗来，她就用木汤匙往张方嘴里喂了一些温热的汤水，然后坐在他旁边温柔地说：

"同志！你的两条腿两只手全冻坏了。"

"可是，我问你我的队长呢？"

"你问的是那个姓黄的矮胖子吗？他，他真是一个好同志呀！"说着，她背过了脸去。

"同志！你告诉我，他到底到哪儿去了？！"

她按了一下他的被盖，安慰着他说："歇一会儿吧！别着急，你在我们这里好好养伤，队上会来接你。"

"他们在哪儿？他们什么时候来？"

"快了，——总是快了。"

就是这一句话："快了，——总是快了。"那样简单，但那样响亮，充满信心，他在什么地方听到过这句话呀？……

听了这妇女劝慰，他知道问也没用，就只好安心静养了。他看看四周围，原来自己睡在摊铺得很平坦的一堆干草上面，这里不是房屋，而是一个很低矮很黑暗的土洞。他明白了，这是坚壁在深山树林中的老百姓的家。他想了想，这是敌人制造光头山无人区以后的第三个冬天了！这里再没有村庄，再没有耕地，再没有人群，有的只是与世界隔绝了的坚持斗争的人。经过了三个夏天和三个冬天，多么长的时间呀！山谷里面变得更荒凉、更可怕了。这些人是怎样活下来的呢？……他们靠着什么样感情、什么样意志坚持下来的呢？！……

张方很快就了解清楚了。这个家庭里除了一个妇女和一个孩子之外，还有一个三十几岁的男人。在那妇女谈话之后不过一刻钟，他扒开遮掩在洞口的树枝走了进来。他从身上解下一块破羊皮，那羊皮上盖满了雪。原先说话的小孩子把羊皮接过来围在身上，就取了一根木棍出去了。

那妇女连忙告诉他说："这同志，这半天醒转过来了！"于是那男人跟着她轻手轻脚走到张方面前来。张方多么想挣扎起来呀！但是喘吁吁半天，终于还是长叹了一声把脸落在手掌上不动了。他心下很难受，他觉得自己给这一家人的担负太重了。在这几天以内他知道了很多事：他们把仅有的半斗小麦拿去给他换了药来，那个孩子不管多大风雪，天天得披了羊皮站在山岗头放哨，一发现人影就做个信号，父亲好把张方背起送到一个秘密的山峡深处。在那里，他们拿柴草专门搭了一个小窝棚，能遮点风雪，等到平安无事了，才又把他背回来。

一天那个妇女用木勺往他嘴里喂饭。他乘机问她：

"大嫂！太连累你们了。"

她笑了，笑得那样坦然、那样舒适："什么我们、你们，还不都一样。"

"我们拿着枪，是战士，可是，你们……"

"我们也不能做日后见不得你们的事呀！上一回队伍都走了，我们知道你们一定会回来。反正到将来有一天就永远在这里，再也不走了，……到那时候，我们要跟那些不要脸的人说：你们瞧瞧，我们也没有死呀！"她说这话时，眼睛向前面望着，她在想着将来那一天，她的眼光变得那样宁静，那样美丽。

张方的冻伤渐渐痊愈起来，可是，伤愈好人却愈加沉默。他常常焦急地问：

"你想，他们快来了吧？"

那时，这个妇女总是点点头，安慰他："快了——总是快了。"

但是，一小时一小时过去了，一天一天过去了，季节在变化，春天眼看要来了，并没有人来接张方。张方不大出声了，脸庞愈来愈瘦，两只大眼却愈来愈亮。

有一天，她望着他的眼睛望了一会儿，她突然把脸捂在双手中哭起来说："你不要怨他们，……你知道你的队长把你交给我是怎样说的？"

"怎样说的？"

"他说，到了非连累我们不可的时候，他叫我们宁可把你推到山沟里也不要交给别人呀！那时你病得昏迷不醒，他走的时候，真是难分难舍呀！"

"他没有讲什么时间来寻我的话吗？"

"他没有讲，可是，同志！他不会忘了你，你等着吧！"

等啊，等啊，冰雪在悄悄融化，阳光那样和暖照在这山谷里，让人感到像喝了酒一样从胸腔里发热。有一种绿色的小鸟飞来，在树梢上旋转着，鸣叫着。张方睡的草堆，由于春天地气上升而反潮起来。那妇女不得不时常把草搬出去晒干。草吸收了阳光，晚间睡梦里还闻到那花一般甜蜜蜜的香味。谁知张方反而睡不着了，他的苦恼由于春天到来而变得更加严重了。想找寻部队，想找寻地下关系，想恢复战斗，同志们不知在什么地方作战，再没有比一个人这样闲着再难过的了。夜深人静，他常悄悄踱到外面来。

一种泥红色的小花开遍门前的空地，早晨也不再感到一点寒冷了。

这一天，张方教小孩子识了几个字，又给他讲了几个春天的故事，自己便悄悄困起来。

突然，一种声音惊醒他。他闭着眼，仿佛睡在深渊里，而听到顶上有人在唤他。睁眼一看，是小孩子的父亲正要闯进来，在他身后还跟着一个人，——那是谁呀？……他在这儿住这样久，也没这样心跳过呀！他猛站起来，忽然眼前一黑，眩晕起来。但是他终于朝门口冲去，在这一刹那间他的情感几乎不能控制，而像洪流一样冲激开来。进来的原来是老宋，就是许久以来早已被他忘记了的那个木匠，就是那个落雨的深秋之夜，在这一带一道走过的老宋，可是为什么老宋自己不能走，要给别人牵着手才能走呀？……

张方站到木匠跟前，张方一下捧着老宋的脸，老宋看不见别人了，因为他的两眼失明了，木匠却笑起来：

"老张，队长叫人来接咱们了，我怕你不相信，自己来寻你。"

"老宋，原来你也坚壁在这里？"

"我知道你在这里，就隔着一架山，可是我来不了。"

"应当我来接你才对。"

"不，我不让老乡告诉你，我知道你的脾气，你一知道，就一刻也等不得，现在我来了，让你高兴一下！"老宋他一点也不因为自己双目失明，而有什么悲凄，相反，现在还燃着和同志相晤的热情、欢快。

张方面对着老宋这种坦然态度，他感到一阵羞涩，他觉得自己在这长期养伤的工夫，已经渐渐焦躁、失望了。这不是比在荒山旷野坚持斗争的妇女和孩子都不如吗?

就在这个工夫,那个善良的妇女走到他们中间来,她张开两只手高声地叫着:

"你们还不快进去!你们站在这里怕人看不见吗!"

老宋双目失明的面孔上,还是那样聪明、灵敏,他突然朝着这声音响亮的方向倾侧着他的脑袋,他的脸上像吹过一阵春风样,他十拿九稳地说:"这大嫂!我听到过你的声音。"

张方可怜木匠没有了眼睛,连忙说:"不,不会。"

"会,会,我听到过。让我记一记!"

老宋就那样站在那儿思索着,然后他的整个脸都布满波动的笑容,那笑容如同海,深厚而开阔。他快乐地大声喊叫起来:

"啊——我想起来了!我想起来了!"

那个妇女惊异地把眉毛向上扬起来,等候着,听这同志说出在哪儿见过。

"对,对,是前年的秋天,……一个夜晚,下着雨,……那时候,你们的村子刚刚烧光,你们连现在住的窑洞也还没有,你们就坐在火炕上淋着雨,唱着歌,……"

张方又一次望着那个妇女,他也想起来了,是她,她年纪并不算大,她的脸很清俊,她的眼梢有了细细的皱纹,她的眼光还是那样明亮。张方突然一转身跑了开去……

我的同行者的谈话，竟在这紧要关头上突然停止下来了。

原来，前边，在漆黑的草原上忽然出现了一片灯火。开始看上去，还只是三三五五，好像早行时看到的几点晨星，但是，汽车愈驶愈近，灯火辉煌连成一串，闪闪烁烁，真像天上银河一下流到人间。矿山上沉雷般的爆破声，已经掠过平静的草原送到我们耳鼓里来了。是的，我所渴望的新诞生的城市就以这样美丽的夜景出现在眼前了。当然，现在这还只是一个工地，可是不久的将来，你想得到那将是一个多么现代化的大城市呀！至于三两代以后，谁还想得到这儿曾经是一片茫茫的草原呢？

党委书记也为这些地上的灯火所吸引，早就停止了刚才那样大段的谈话。

不过，当我们将要结束旅程时，我忽然记起他的故事，我问他：

"他为什么跑开去，他是不是十分激动？"

"嗳！人的情感是复杂的，他也许被那普通妇女的忠贞所感动！他也许感到艰苦的生活原来也不过就这样简单地度过来了！是的，是的，是那样简单地就度过来了。……"

这时，起重机和掘土机各种复杂的轰隆声响已压倒我们谈话的声音，而那亮蓝色的电焊闪光，就像闪电一样划破草原夜空，也吸引了我们的目力，于是我们的谈话也就这样结束了。

张翠霞

这春天的气候真烦人，到处都融化得湿漉漉的，我们到了森林中的招待所，天已漆黑。

可是一个热情的年青女服务员，一下把我们的情绪扭转过来了。她的声音那样亲切，响亮：

"同志！快坐下来歇一歇，你们看这屋里冷吗？够不够暖和？"

温暖的水蒸气弥漫在窗玻璃上，同样也在烘暖着我们冰冷的脸颊。

她笑着，她的两只眼睛大而光彩，脸在雪白的罩衣和圆帽衬托下显得那样红润。她从我们眼光中得到满意的答案，就扭身出去，一面走一面说：

"你们等一等,同志!我给你们拿茶水来!"

一会儿,茶呀,暖水壶呀,热腾腾的洗脸水呀,都拿来了。她又跟我们合计了吃什么晚饭,然后她轻快地走去,在门口又回转头:"有什么事,你们就招呼我吧!我叫小张,张翠霞。"她出去了,她的白罩衣在窗玻璃外闪了闪,不见了。

对于在泥泞寒冷中跋涉过的旅行人来说,还有什么比这种回家一样的感觉再舒服呢!我的同伴闭上两眼,把湿透了的双脚搁在火墙边上,吸着纸烟呢。

夜渐渐地降落下来。我们很早就上了床,而且舒适地睡着了。忽然间,我给一种什么震耳的声音所惊醒。睁眼一看,屋里相当明亮,原来大长玻璃窗上,只有下半截遮着绿窗帘,外边的光亮从上半截照射了进来。我仔细听了听,夜空中翻江倒海地震响着广播的声音。我仔细一听,却是那样嘹亮的女高音的歌声……我并没想倾听,但那悦耳的声音却在不知不觉之间吸引了我。我怕吵醒睡得很香的同伴,光着脚板,走过白木板铺的地板,来到窗前。这时这神秘的森林之夜,是那样诱惑着我。我轻轻地把绿窗帘拉开。我用袖口擦了擦里面一层窗玻璃上的水雾,可是外面一层窗玻璃却无法擦得干净。我只得这样透过朦朦胧胧的雾气望出去。外面,一方方房舍的黑影和一片片雪亮的电灯光,交错着。我原以为森林中的夜晚是静寂的,只偶尔有一下树枝断落下来的声响。事实证明：这想法完全错了，森林里的夜晚竟是如此的沸腾。那歌声一下高一下低，一下远一下近，悠扬顿挫，就像一只矫捷的鸟儿在夜空中扑簌簌扇着翅膀儿任意地飞翔，飞翔……特别是在这样的时刻，肃穆的辽阔无边的大森林在静静倾听的时刻，使人觉得这歌声是那样嘹亮，那样雄健，那样袅娜，充满了青春的喜悦……对于一个喜爱音乐的人来说，这应该是我所听到的歌声中最动人的歌声。我听着，点燃一支纸烟，坐在床边上。谁知这歌声却像一个序曲，它出人意外地带来了这森林之夜的沸腾震荡的交响乐。随歌声而起的是远近一片咚咚咚锵锵锵的敲锣打鼓之声，森林铁道小机车的欢乐的汽笛声由深山中传来，人们的笑语，电锯的轰鸣，一时之间，连那遥远的森林深处，好像山鸣谷应，都响起了各种乐器声、歌唱声。不久，窗玻璃上闪现出一群黑幢幢的人影，——突然，锣鼓喧天，一小群人从我们窗外走过去；一群小孩尖着嗓子嚷叫着跟着跑过去。锣鼓声停息，一切又那样寂静了。不知是谁手上摇着一只小铜铃——丁零零丁零零地十分悦耳地响了好半天。那女高音的歌声好像飘向远方去了，倏忽之间，不知在什么时候不响了。广播器里响起开会的讲话声。这真是多么美妙的森林之夜啊！这是整个森林都在欢腾、在微笑、在舞蹈呀！我在床上这样想着想着就睡熟了，我只觉得那歌声还在耳边缭绕……

第二天早晨,我在食堂的圆桌旁吃早饭,我望了望食堂里那个站在一旁、透过老花眼镜笑眯眯地、用眼望着我们吃饭的年老的招待员,忍不住问他:

"昨夜里你们敲锣打鼓像过元宵节似的,那是干啥呀?"

"我们在跃进,同志!我们在搞绿化大跃进呀!"

我差一点笑出声来:"你们这里,遍地树木,除了森林还是森林,还要怎么样绿化呀?"

老人家挺认真地指画着,对我说:"同志!这话可不对头。在从前旧社会里,森林也是没主的孩子,由着人乱糟害。那不是采伐,那是连根拔,眼看着几千年长成的森林一片光了。现在森林归咱们社会主义大家庭的了,咱们就得一面采伐,一面更新,让这大森林永远青春不老。"显然,这些话是他从会议上听来的,不过到了他口中,加上了他的心意,就充满了新的生命,露出了新的气息。这你只要看看老招待员那簌簌动着的长寿眉,那从老花眼镜镜片上闪出的眼光就明白了。

我无意地又问了一句:"开头那唱歌的是谁?"

谁知,这无意间的一问,却就引出如下这一篇故事。老人家凑近桌前,弯下腰,小声问:"这个你不知道吗?"

我只能摇了摇头。

"来！"老招待员就像听人家夸奖他自己的孙儿孙女一样，脸上的每条皱纹都舒展开，把我拉到窗前，向窗外指点着："你来看！那不是，在那儿种树的，那个剪短发的，……"

哎呀，我一看，原来不是旁人，就是照顾我们的那个穿白罩衣的女服务员张翠霞。她现在，穿着一件挺利索的蓝地红花的布棉袄，摇动着一头短发，在一片金晃晃的朝阳中，嬉笑着，奔跑着，和同伴们在一起种树呢。

后来我才知道，张翠霞在森林里唱歌这件事情并不简单，这中间还包含有多少愉快又包含有多少苦恼呢！不妨说说，这倒也是我们这大时代的一个插曲。张翠霞原来是一个部队文工团团员，是在支援林区的动员下，到森林里来的，不过，当时只到了森工总局的文工团里。她曾经成百上千次地在灯光照耀的舞台上演唱过，当一支歌儿唱完，听众的掌声便浪潮样回响起来。几年前，在号称森林城市的森工总局所在地开了一个会，为了开辟小兴安岭这片原始森林，为了林业工作走上机械化的道路，党组织进一步号召青年团员踊跃到各采伐工地去参加实际斗争。夜晚，那木头搭盖的礼堂里，灯光不太亮，挤满了人。森工总局的党委书记的响亮语言在张翠霞脑海里回响："有雄心，有勇气的青年人，应该像过去在火线上受考验一样，到征服大自然斗争中去经受锻炼，我们青年人生活的道路在哪里？在暖室里吗？在办公桌边吗？在热炕头上吗？不，我们青年人生活的道路是在广阔的大森林里，……"是啊，有着青春热力的张翠霞的眼睛跟随着党的召唤明亮起来。因为她从来就是一个那样敢于幻想的人，她常常为壮丽的未来所吸引，她从来不安于现状或者留恋过去。不久，组织上批准了她跟她爱人的请求，他们就背着小背包，告别了城市，到原始大森林里来了。

现今，这有着一排排玻璃窗的房屋、温暖的电灯光的地方，那时间只是一片荒无人迹、鸟兽成群的森林。只有一间铁道小站房，周围尽是山谷、河流，一望无边的草甸子，被当地人叫作"红眼哈塘""塔头甸子"的泥塘，一脚踩下去，往往到腿肚都是稀泥。参天的古木，阴森森连一线阳光也透不进来，几搂粗的红松，没风也发出可怕的啸声。一到夜晚，獐狍熊虎任意咆哮。职工们住在临时工棚里，棚子透风漏雪，大汽油桶做的炉子里，粗木头桦子烧得烟熏火燎，让人流着泪无法张眼；一到夏天，工棚里长满青草，蚊虫滚成团，绿蛤蟆在床底下呱呱叫。人们一出房门就进了林场。那时间是既无招待所也没这样洁白的罩衫。张翠霞呢？脸晒得黑亮黑亮，头发也来不及梳理，日夜不停地在大森林里奔跑，勘察；到晚上，浑身是泥，还得埋头做生产计划，工作完毕，一倒下就呼呼地睡熟了。初入森林的人往往为那大自然森严的威力所震慑，但是真正勇敢的人却从荒原上开辟出一条道路，道路愈铺愈广，森林于是渐渐变得和蔼可亲了。

张翠霞和旁人一样呼吸到了森林的芳香，更重要的是她由一个一点知识没有的人，变成熟知大森林的工人。她分辨出什么是红松，什么是臭松，她懂得松木的价值要比桦木大多少倍。可是，有一种苦恼却也一直在她心里生长，开始是淡淡的，淡淡的，很快就鲜明了，鲜明了。说也奇怪，人在开荒斩莽流血流汗时，什么都忘记掉了，等日子好过一些，原来潜藏在心中的东西，便又升腾了起来。张翠霞在夜晚闭上眼还没睡着时，或者早晨张开眼还没起床时，她想起自己所热爱过的艺术生活来了：那舞台，那伴奏的琴声，那雪亮的灯光，还有那掌声中夹杂着"再来一个！"的喊叫，想着这些，她不是没有默默流过眼泪，那时间，她一任泪珠那样静静地流着。她一投身劳动，她就为这森林中战斗生活所鼓舞，只是一停下来她就惋惜自己的艺术的青春将就这样悄悄地、悄悄地失去了。这些心思，她谁也没谈过。在这种景况下说这个，人家不会笑吗？她埋在心头，连自己的爱人也没讲一句。有时她这样想：活在这样一个伟大时代的青年人，只要一心一意服从国家的需要，就是最大的幸福了。哪怕，就算不唱歌了，那又有什么了不起呢？！不过，有时想着想着，一双大眼睛又充满幻想，她又为那美妙的音乐旋律所激动了。奇怪，人一旦有了一种幻想、一种希望，有时它们简直就变成一种渴望。不过不论怎样,从进了大森林,她没有再唱过,说老实话,这可不是唱歌的地方,有那样多鸟儿唱歌就够了。

时间在前进。寂静的大森林被各种雄壮的声音所震动。人们最壮丽的生活图画,莫过于用自己的劳力实现自己的计划。人们踩出来的小道通向密林,密林中透出伐木人"横——山——倒……""顺——山——倒……"的吆喝声,然后巨大的树木劈裂开来,发出玻璃砸碎那样清脆的响声。树顶在高空中慢慢旋转,旋转,随着轰隆隆一下,山谷震荡,一株大树就这样倾倒了下来。拖拉机代替了拉木材的牛马套子,拖拉机在冰道上隆隆——隆隆吼叫着,冒着青烟。熊呀,虎呀,都给这种骚动吓跑了。原来木材都趁桃花水顺河流放送,现在森林铁路代替了河流。一列一列火车弯弯曲曲伸展进深山老岳。几年过来了,透风漏雪的木棚不见了,红砖墙绿铁顶的漂亮房屋出现了,电灯放光了,夜间整个森林都耀眼通明了,贮木场上的电锯终年不停地裁纸一般地裁着木头,从这儿,无数列火车满载着芳香的木材开往全国各地。森林里诞生了一个新的城市,它虽然在北方遥远的小兴安岭里,可是它和祖国各地紧密相连,从这儿送出木材,这儿的商店的柜橱里装满远自四川、广东、上海运来的物品。邮递员每天带来各地的新闻。几年过来,张翠霞呢?对于音乐生活的向往，也就慢慢地、慢慢地淡漠了。她简直不大想起这些，说也奇怪，她甚至都不大听音乐了。后来，在森林中新结识的同伴，也根本就不知道她曾经还登过舞台。她的感情一点一点地被森林中生活的喜悦所代替，她在大森林中生养了第一个孩子；同时经她亲手建造的这个森林城市也诞生了。我在招待所的第二天，她到我住的房间内来收拾桌子，我问起她森林中的生活怎么样，她的眼睛充满光彩，向窗外望着，说：

"夏天这山上到处都是花呀！"

然后她回过头来笑了："现在我到大城市里去还不习惯了呢，我总想回来，回自己家来，……"

不太久以前，有一股新的热情的激流冲进这茂密的森林，人们进入了"大跃进"的年代。就像宇宙间忽然新出现了一个比太阳还热的星球，它的光芒不但照亮了森林，照暖了森林，而且也照亮了、照暖了人的心。它让每一株白桦的汁液变得更甜蜜，它让红松和白松像钢材一样坚硬，它让人发挥出无穷的智慧和精力。冬天，森林是一片银白世界。森林工业局召开了一个社会主义生产跃进大会。谁知其中一个风雪弥漫的夜晚，在张翠霞生活中竟成了一个发生巨大变化的时刻。会议已经开了几日几夜，各个采伐场，各个采伐工段，各个包车组，各个人都争先恐后，跃马当先，一个生产指标突破一个生产指标，一个跃进计划压倒一个跃进计划。

张翠霞坐在会场后边角落里一只长椅上，默默地听着看着，心中充满激情。她那时刚刚响应干部下放的号召，走上招待所服务员的新岗位。

这天夜晚，大约十点左右，谁也没预料到，运动突然进入了高潮。

她正在听着、笑着，整个心都跟着这会场上的气氛而鼓舞着、激荡着。忽然间，一群人敲锣打鼓冲进会场。原来是贮木场送来第一个跃进捷报，一个装车组在二十分钟前突破了长年不能突破的装车定额。现在，就是这个装车组的小伙子们直接从装车场被人们拥进了会场。捷报在麦克风前一宣布，会场上的情绪立刻就达到了沸点。人们的每一双眼睛都在闪光，每一颗心都在跳动。鼓掌呀，鼓了；喊叫呀，喊了；可是，还不行，这时间人们需要一种方式来表达这深深的不易表达的心情。张翠霞早已忘掉了自己，跟着大家一道使劲地鼓掌，使劲地喊叫。突然间她觉得有几只手从后面在推她，她不明白这是怎么回事，她回过头去，好几个人的期待的眼光都盯着她，那中间也有她爱人的眼光。他们跟她说："唱一个歌！""唱一个歌！"突地心头一热，两只眼睛一下涨满了泪水。可是一下全场都喊出同样声音："唱一个歌！""唱一个歌！"主持会议的领导同志也拍着手，向她示意，要她过去。她站起来了，她的脸颊上还颤动着泪珠，她甩了一下短短的头发，两只手拉着披在肩头上的红围巾，走向麦克风前去。等她站在麦克风前，一时倒有点慌乱，因为她一点精神准备都没有呀！可是，这只是一刹那，她，她唱了，她唱了，——她那响亮动听的歌声通过广播网传遍每一个伐木场，震动山岳，震动森林，她唱了一个又唱一个，她唱了一个又唱一个。……

就是这一天天将黎明时分，她怎样也合不住双眼，她一个人悄悄爬起来，开亮了电灯，她久久地凝视着自己那睡熟了的小儿子：小儿子把一只肥胖的小手放在腮边，也不知在做什么好梦，小鼻子还动了一动。然后她静静地在自己的一个小日记本上写道：

　　今天是我生活中最美好的一天，从前我总以为我的艺术生命永远地消失了，现在我才明白，我的真正的艺术生命是从今天才开始的……

她扬起头，她沉思，她咬着自己的嘴唇，她静静地、静静地笑了。这时远山上飘来嘹亮的汽笛声，窗上已经显出一片黎明的淡青色。

我离开这个招待所，三天后的一个夜晚，到了一个采伐场的集体宿舍里。这屋里前后两面都是白木板钉的床铺，朝阳方向是一排大玻璃窗，窗框漆成天蓝色。屋子中间，竖立着红砖砌的火炉，在这微寒的春夜里散发出适人的温度。从冰雪和泥泞中劳动一天归来的人，把湿漉漉的绑带鞋袜都放在火炉旁边烘烤着。有的吸着纸烟，让淡淡的青烟在空中回荡，辣辣的烟草气息使人感到舒适。人们面孔变得红彤彤的。有几个拖拉机手干脆把衬衣脱掉，穿着红的绿的线背心，露着筋肉鼓突突的臂膀。人们在谈话，在笑，在逗趣打闹。忽然间，吊在门墙顶上的广播喇叭筒发出声音，广播员报告一个绿化跃进总结会议开始了。这消息吸引了每个人，嗡嗡的说笑声立刻静止下来。总结报告快完结时，我发现我身旁有一种秘密活动，开始有几个小伙子捅咕一阵，在一旁悄悄地耳语，末后谁说了一声："对，去打个电话……"然后，一个高大个子的伐木工就披上小皮袄出去了。于是宿舍里的空气活跃起来，人们都在等待着，等待着……打电话的还没回来，扩音器里广播员却发出哧哧的笑声，然后说："同志们！好几个车间（人们管采伐场叫车间）都来电话，要求张翠霞唱个歌，你们看好不好呀？"广播筒里马上传出翻江倒海般的掌声，鼓掌是有极大感染性的，于是我们这间宿舍里的人也都使着劲鼓起掌来了，好像这儿一鼓掌，几十里地以外的会场上，就能听到似的。掌声中断，静静地停了一小会儿,就像我在那第一个美好的森林的夜晚所听到的一样,我又听到了那嘹亮、亲切、甜蜜的女高音的歌声。不知是由于这儿山更深,林更密,还是由于这帮小伙子特别活蹦乱跳,热情洋溢,这一回,我觉得比上一回听到的还要热情,还要愉快。——歌声,像自由的鸟呀!它一下飞翔上森林的顶空,一下又飞翔到人们的心底。……

风雨黎明

一阵紧急的敲门声，把海岸观察站站长武星文惊醒。他本来睡得很甜，但战争生活使他养成一种习惯，只要一点声音一惊动，他就会立刻翻身起来。不过这一回，他睁开眼，小通信员徐荣水已经闯进门，焦急地喊叫着：

"站长！站长！台风来了，站长！"

台风，在这大海的边岸上，真是件可怕的事情。因此"台风来了！"这句话，在这里，就像火线上的冲锋信号一样震动人心。武星文一听，连忙奔到窗口，把咯咯紧响的窗子用力地推开。狂风挟着暴雨，一下把站长的衬衫、头发都吹得飕飕直响。可是他没往后退。为了证实情况，他两手紧紧把住窗框，探身向外瞭望，只见黑森森的夜空中，蓝色，白色，火红色，闪电像千万条火蛇闪烁，飞舞。观察站几间营房牢固地建筑在高高的山崖上。崖下就是大海，平时，海波平静，海风温柔，白色海鸥常常就在窗口外翩翩飞翔；现在，虽然一片漆黑，可听得出海已经暴怒起来，奔腾起来，浪花飞溅，仿佛一下要把这山崖大地震撼粉碎，吞下海去。风雨好像在窗子这儿找到缺口，就想涌进来，把屋顶掀飞，把屋墙吹倒。武星文和徐荣水两人用肩膀和胸脯抵住，好容易才把窗门关上，两人浑身上下早已淋得精湿。

　　武星文赶紧擦掉脸上的雨水，看看表，绿荧荧的时针指在十一点三十五。在轰隆隆雷声中，电光一闪一闪。徐荣水那年轻、坚毅的两眼正望着首长，等待命令。武星文急促地喊了声"抢救！"就推开门跑出去，冲进战士的营房。战士们纷纷下床，有的往袖筒里伸胳臂，有的弯了腰在系鞋带。武星文站在门口，来不及进去了。闪闪的电光从外面把他晃亮。战士们一见站长到来，马上朝他跑去。他的声音嘹亮、果决、镇定，就如同当年在火线上一样把手一挥："同志们，赶紧抢救老百姓！第一抢人，第二还是抢人，我们不能让台风夺去一条生命！留下观察哨上一个值班的，其余的人跟着我，立刻出发！"他说完扭转身就走。外面风雨呼啸，雷电交加，同志们有的顺手抓了雨衣，有的光着臂膀就跑出去了。

这是一个不大的观察站，连站长带战士不过十几个人。营房前面是大海，背后隔着片密丛丛的竹林橘园，下道陡坡，那边坪场上有个渔村。

武星文带领着全体人员，一冲进暴风雨，就想飞快地奔向渔村。谁知台风不但来得这样突然，而且这样凶猛，怒风急雨迎头一击，人们闭住嘴巴连气也喘不出来。想侧转身避一下，风雨趁势就想把你扑倒。武星文斜着肩膀头抵抗着暴风，还是往前跑。这时他突然觉得谁紧紧抓住了他的左肩膀。他很不耐烦地拨转头一看，原来是徐荣水。他喝问：

"干什么，小徐？！"

"站长！你披上这个……"

小徐说着把一件滑溜溜的胶布雨衣披在他身上。

"我不要！……"武星文见小徐还光着膀子，觉得自己身上总算有件衬衫，想把雨衣推还小徐。可是小徐早踏着泥水，往黑地里跑远了。

一阵温暖的感情冲击着武星文的心房，他微微立了一下，两手拉紧给风雨吹得拂拂直抖的雨衣。他发现同志们都奔到他前面去了，他也就连忙赶上去。

通信员徐荣水才十八岁，矮墩墩个头，红扑扑胖脸，一笑，眼睫毛就扑簌簌颤动，把眼睛眯成一条线。因为工作关系，他有时光着脚丫，有时骑着脚踏车，跑遍这沿海一带。

许多渔村里的人都认识他，都又亲切又尊重地唤他"小徐同志"。他的文具袋里经常装着一个歌本和一本小说。他休息时就靠在树底下看那蔚蓝的大海。他自己是山里人，却特别喜爱海。海在他眼里是一幅变幻无穷的美丽的画。早霞把海面映得像鲜艳的红琉璃，风吹万顷海浪又像锦缎闪光，他特别喜欢跟渔民一道出海，风帆吹得鼓胀胀的，小船斜着船身在波浪上滑行。你不要看他这样年轻活跃，他却十分细心负责。他听说武站长是从战斗部队上来的，是战场上出色的英雄人物，浑身上下给子弹打穿过六个洞洞，可是站长总还那样热情勃勃，一执行起任务来立刻就忘记自己。不过在小徐眼中站长有不少严重的毛病，紧张起来时常忘记吃饭，冷起来也不知道穿衣服，还有就是喜欢一个人独自跑来跑去。深更半夜，唯恐惊动旁人，他常常拿根手电筒就悄悄地出去了。去遛遛营房，看战士们睡得怎么样。有时到观察哨上，让值班员去休息，自个儿就拿着望远镜，从午夜坐到黎明。由于这个缘故，徐荣水夜里就不得不特别经心、警惕。因为他心里牢牢记住通信班长讲过的那句话："在战场上，保卫首长的安全要胜过保卫自己的生命！"这儿虽说不是战场，可是海防前线呀！因此小徐一夜之间常常爬起几次，蹑手蹑脚，到办公室门口，去听一听站长是不是在屋里。有一回站长一开屋门，看见小徐怀里抱住支卡宾枪，靠住门口，坐在地下，脑袋歪斜在肩膀头上，睡熟了。站长看着这小青年，心里非常喜爱，就回身把自己一件蓝色海军军官制服轻轻披在徐荣水身上，自己到观察哨去了。

现在不论风雨多大，夜多黑，徐荣水跑熟这条道路，他很快就超过前面跑的几个同志，自己首先赶进了渔村。

一进村，电光一闪，在他面前立刻出现了可怕的现象：风在辽阔无边的海面上狂吹了起来，雨就跟千万支利箭一样从空中斜刺下来，风声、雨声和海涛声搅作一团，吼成一片。大树飞上天空，屋顶给风卷走，梁木经不住风雨的袭击，墙壁也就跟着坍塌了。闪电一熄，人在哪儿？房在哪儿？看不见，喊不应。徐荣水跌倒几回，终于摸到一户人家。这家房屋已经歪歪斜斜，眼看就要倒塌。他冲进去，突然眼前一亮，看见一星灯火。那火亮被一个老妈妈用整个身子护着，总算还没熄灭。老妈妈一见他就喊叫他："小徐同志！你可来了！小徐同志！……"徐荣水看到老人家满脸泪痕，就喊道："大娘！快跑到外面去！……"小徐着急地挥动两只光膀子。老妈妈却一把拉住他，央求他："我老了，不要紧，快把我的媳妇救出去，她怀着孩子，这可怎么办呢！"小徐往前闯了几步，借着那星灯火，看见一个青年妇女睡在床上，额头上包了块白帕子，张着两只大眼睛。她没有出声，她就那样望着徐荣水，徐荣水感到她浑身都在颤抖。这时整个房屋摇晃了一阵，屋顶裂开一条缝，雨水洒进来，风渗透墙缝从屋里横扫过去。徐荣水身上一阵寒冷，他一拧身跑出去，大喊：

"站长！——站长！……"

四下里一片漆黑，没人回答。他又跑了几步，喊了几声。他一寻思，这样不行："我们不能让台风夺去一条生命！"要是房屋倒塌，那年轻的母亲肚里怀着孩子就是两条生命啊！于是他扭转身又往那户人家跑去……

武星文踉踉跄跄地冲下山，不过小徐的雨衣马上就不在他身上了。他迎头碰见一个长胡子老人，老人一见面就抓住他两手颤抖抖的说不出话。武星文赶紧把雨衣取下搭在老人身上，那老人不肯接受，喊了声："站长！……"他却挥一挥手往村里跑去了。

进了村和同志们会合，他们顶头迎着这一夜最猛烈的那阵台风。闪电一亮，眼看一棵大树呼啦一下扑倒下来，小牛刚刚鸣叫两声就给风吹得没踪没影，鸡从坍塌的房屋里扑着翅膀飞出来，惊慌地大叫着，也不见了。脚底下到处是水，有地方深到膝盖，就好像海水已经冲上地面。村里的干部和青壮年在风雨雷电下面奔跑、喊叫，进行抢救。可是风雨一点不留情，一下把他们也吹倒在地下。正在这紧要关头，武星文和同志们臂挽住臂，手拉着手，弯着腰，低着脖颈，冲着风暴来到渔村中心。武星文立刻指挥着人们投入抢救。他正在往前跑，忽然一阵暴风带着一棵大树，劈头盖脸朝他砸下来。他只觉得两耳嗡嗡响就昏迷过去了。

等他醒来，借手电筒光亮，看到村里的党支部书记老林正抱住他。老林见他醒转，又高兴又难受，流下一滴热泪，口里叫着："武站长！武站长！你回站上，这里是我的事……"

武星文一把攥住林书记的手，觉得他的手像火炭般炙烫，他明白他心里头该是怎样热辣辣的了，就说：

"老林！什么你的事我的事，这都是咱们一家的事，抢人要紧，同志们！继续抢救！"

他挣扎着站起身。他的脑袋很沉重，身上砸伤的地方很疼痛。他心里却明灯一样，而且还闪过一丝回忆的闪光。他记起火线上那些次负伤的情景，——火线上战斗已经渐渐终歇，火光还照红天空，到处响着冷枪，他怎样一个人从火线上往下爬、爬、爬，昏迷过去了，等炮声震醒，再爬、爬、爬……可是现在一群同志跑来围上他。他们在急灼灼地提出各种问题："茅屋都坍塌了，怎么办？"他说："往外抢人！""人往哪儿送？"他说："送到我们营房去，睡不下总可站得下。""营房里怎挤得下？"他说："把营房全部腾给老乡，我们到营房外面露营。"……最后他朝老林书记挥一挥手：

"老林！你往东，我往西，无论如何，要把所有的人都送进营房啊！"

雨哗哗地泼水一样淋下来，风如同展开了黑色的翅膀，狂呼着，暴跳着，呼啸着……

武星文最后一个回到营房的办公室（也就是他的宿舍）里来，他的衣衫已经撕碎了，浑身都是泥水。但是他的眼睛火热、愉快。他将湿衣服脱下，暂时搭在椅背上，换上套干净衣裤，一面仰起头问走进来的党支部书记：

"怎么样，老林？你查点了人数吗？"

"全村的人一个不少都在咱们营房里了，武站长！这一回，同志们可太辛苦了……"老林还想表达一下自己的心意，不过武星文连忙拦住他的话头：

"这就好，这就好，"像一道阳光一闪，一阵笑容出现在他嘴边上，"总算没让台风战胜！"

这时，门吱扭一声打开一条缝，有人在门口想进来，又在迟疑着，隔了一小会儿，一个头发湿淋淋的脑袋伸进门，然后露出红扑扑的胖脸、漆黑的眼珠。

站长忽然想不起自己把那件雨衣扔在哪儿了，还在床边摸索了一阵，连忙喊："小徐！小徐！你的雨衣，我可没保护好，也许给台风吹到什么爪哇国去了，怎么办？"

徐荣水进来了。他的神情却十分严肃,站下来,看了看林书记,才把眼光停留在站长脸上,两只手卷弄着自己的衣角,对自己首长说:

"首长!是这么回事,有一个妇女,她现在要生小孩,营房里挤满人,连站的地方也没有……"

这时,大风大雨还在窗玻璃上震响着……门开了开来,原来随在小徐后面还有一群战士,都热心地走了进来。他们都经历了刚刚进行的这场搏斗回来,满头满脸都是泥水,有的碰破了,有的砸伤了,伤口上还在冒血水。但他们都那样不约而同地走进屋来,来商议这一件紧急大事了。

武星文从条凳上站起,搓着两手:"生小孩,这……这……"他倒一时失去了主张。他出生入死过多少次,却没处理过这样的问题。可是他两眼在办公室里转了一转,他三步两步走到办公桌前,把一只手按在那只皮包式的电话机上,然后回过身来说:

"来,就把这间办公室让出来。"

老林却执意不肯,他说:"武站长!这究竟是军事机关,重要地方,这怎么好……"

"老林呀!"武星文身量并不很高,可是他永远给人以魁梧的印象,特别是现在,他展开长长的两臂,他一步步走到支部书记跟前,他抱住了他的肩膀:"你说重要,重要,难道有什么比老百姓重要，啊？老林，你说！"

武站长就是有这么一股魅力，他总是热烘烘的，走到哪儿，遇到什么，几句话就说得人心服口服，不再辩解。这一会儿，他说完就跑到办公桌前，把电话机抱在自己怀中，回过头来喊：

"来呀！小徐！帮个忙，把咱们这摊子搬到外面去！"

不过呢，同志们都知道，从武站长那偶然皱紧的眉峰，还有他走路一跛一跛的姿态看来，他身上腿上那几处旧伤疤又疼得很厉害了。本来阴天下雨都会发作，更何况经过这一场暴风雨下的搏斗呢？不过他的声音那样洪亮、温暖，他说完就挥一挥手：

"小徐，去！把人抬到这儿来，老林！咱们出去吧！"他环顾了一下办公室，灯光，长桌，他微微一笑，走了出去。

他到了屋门外并没走开。他身上感到一阵透骨寒冷，他摸摸额角有些烫手。不知谁把一件旧棉大衣披在他身上，他就紧紧裹了一下，像个卫士一样站在门边上。至于那只皮包式的电话机，就挂在墙壁上一个铁钉上了。不大一会，几个战士抬了一副担架走来。那个妇女蒙在一床棉被和一件雨布下面，透过被头，人们可以听到轻轻的哼声。这副担架一出现，人群中间立刻一片肃静，人们说话轻轻的了，走路也轻轻的了。担架已经抬进办公室一半，忽然担架上的雨布一响掀了开来。那个年轻的妇女伸出头来,她的两眼感激地看着站在雨中的同志们,她想说一句什么话,但是人们已经把她抬进去了。老妈妈和村里几个妇女跟了进去,办公室的门就关闭了。从这时起,村里的干部和观察站上所有的人,都聚集在门外雨地里,大家不时用焦虑的眼光瞟那扇门。风在摇撼着山崖,雨在掀腾着大海,一阵阵蓝森森的电光一闪一闪照亮了人们的脸孔,而人们好像已经忘记了这可怕的台风。

年轻的母亲从被头上露出她那苍白的脸儿,她是第一次生孩子,孩子的爸爸又跟着捕鱼队远航,不知给台风阻隔在哪儿了。现在她忍受着难熬的疼痛,她紧紧地咬破了自己的嘴唇。她的额头上颤动着汗珠,眼睫毛上颤动着泪珠,但她的眼光却特别地幸福。她睡在担架上,担架放在办公室正中间地下。窗玻璃上还在刷刷地闪亮,好像狂风暴雨也想看看一个新生命的诞生。

武星文开始和同志们一道在门口站着,后来在人们没有注意的时候,向山崖边走去了。他一个人静悄悄地在那儿站了一会儿。他望着面前的大海。大海原来是黑森森的,什么也看不见。但是渐渐地、渐渐地看到那墨蓝色的雾蒙蒙的海面了,渐渐地、渐渐地又看见海面上那一涌一涌的波浪了,渐渐地、渐渐地又看见那波浪顶上的白色浪花了……他仰起头,一阵清凉的雨水洒到脸上。虽然此时他的全身疲惫、疼痛，他的心情却如此宁静、清新甚至快乐。他细细体味着自己的心情，他十分熟悉这种心情，不过他却长久没有获得这种心情了。这是一个指挥员在火线上取得胜利的快感，只有当胜利的信号在火线上空出现时才有的那种快感。他在心里暗暗地批评着自己："你看！你不是那样想过吗？你不是甚至还那样失望过吗？你觉得没有战争了，你再也体会不到这种快感了……可是，同志！你这想法对吗？……"

他正对着大海，在黎明微光中沉思。忽然一阵急促的脚步声打断了他的思路。徐荣水来找他了。徐荣水红扑扑的胖脸上又庄严又神秘，他说：

"首长！……生了，快生了！"

武星文就跟随小徐大踏步转回营房跟前。

所有观察站上的同志还都一动不动地淋着雨水站在办公室门外，在朦胧的晨光中看来，脸给雨水浸得有些苍白，雨水顺了湿淋淋的裤角正往下淌。但是同志们都非常庄严，特别是那几个胸前横挂着冲锋枪的战士同志，就像在保卫着自己的重要阵地一样。

武星文走来，同志们连忙给他让开一条路。他一直走到办公室门口的台阶上，他站住了。他静静地站在那里，——这时，从门缝里面透出了那样洪亮的新诞生的婴儿的啼哭声……